THEODORE BOONE

The Scandal

西奧律師事務所

老師犯規了

THEODORE BOONE

The Scandal

西奧律師事務所

老師犯規了

John Grisham

約翰・葛里遜 著　玉小可 譯

遠流

【導讀】

從生活法律故事中，認識隱私、正義及責任

教育部人權教育輔導群常務委員　陳端峰

〈西奧律師事務所〉第六集《老師犯規了》是以書中主角西奧參加八年級（升高中）學力測驗所發生的事情，作爲故事發展的主軸。在台灣的校園裡，少數教師還是會將學生的考試成績一一唸出來，或者按照號碼順序將成績公布在教室後面的布告欄。老師的這個做法也許是希望學生們能夠「見賢思齊」或「激勵學生」，但是否妥當以及能否達到預期的目的，是值得討論和深思。

考試成績屬於學生個人「資訊上的隱私」，學生應該有權利決定是不是要跟其他的同學分享，而不是教師能夠片面決定的。書中的蒙特老師在發下裝有學力測驗成績單的信封時，提醒學生們說：「這牽涉個人隱私，帶回家和父母商量，不要在學校討論。」可見蒙特老師對隱私的認識與重視。另外，西奧的媽媽瑪伽拉．布恩律師說：「一名律師必須將客戶的祕密視爲機密。」也涉及到隱私權的保障和職業倫理。

而當你發現違反公平正義的事情時，你是否會挺身而出？還是坐視不管？相信應該困擾過很多人，尤其是在與自己的權益毫無關係的情況下。考試的目的在檢測學生的學習效果和評比，如果是作爲評比，考試作弊會影響到評比的公平性。有人傳言班上某位同學考試作弊，在沒有確切證據證明事實之前，他應該被視成沒有犯過這樣的錯誤，這就是法律所重視的「無罪推定原則」。公平合法的蒐集證據以發現事實的眞相，這過程則是法律強調的「程序正義」。西奧的好友愛波認爲自己是學力測驗弊案的受害者，因此沒能進入高中榮譽班就讀，而她爲了維護公平正義及捍衛自己的權益，挺身揭發學力測驗的弊案。同時也可能是學力測驗弊案受害者的西奧卻提醒愛波：「不能在缺乏證據的情況下指控別人做錯事。」

社會中的每個人都有自己應該盡的責任，而責任的來源可能是法律、職業、道德、公民準則、習俗或承諾……，校長和教師的責任則主要來自於法律、職業與道德。

如果教育主管機關或學校把家庭收入較低、母語爲非主流語言等客觀條件較差的學生，都集中到一個學校或一個班級就讀，你覺得他們的做法妥當嗎？你認爲怎樣做會比較好？如果教師很認眞地教導學生，學生也努力學習，但成績依然沒有顯著進步，倘若爲了能有好成績，而在考卷上動手腳，你覺得這樣的行爲是情有可原？還是應受到處罰？以上這些都牽涉到不同角色的「責任」問題，以及公平回應錯誤行爲與所造成傷害的「匡正正義」問題。

在這本少年法律小說中，作者以流暢的文筆、有趣的生活故事以及安排看似衝突的故事情節，探討諸多法律問題，故事中不乏人性的眞與善，讓人很想快點知道故事的結局。另外，書中許多故事情節很値得我們深思，例如認識和尊重屬於「資訊上隱私」的成績、公平合理地調查考試舞弊的「程序正義」、考試舞弊應受何種處罰的「匡正正義」，以及不同角色應該盡的「責任」等。本書非常値得慢慢思索品味，而且很適合作爲法治教育教學的教材。

【推薦文】

好看又有深度的法律小說

兒童文學工作者 李貞慧

我們親子之前錯過了少年小說〈西奧律師事務所〉系列的前五集，這次有機會搶先讀第六集《老師犯規了》，感到非常開心，這一讀才發現，原來這系列小說如此好看！當我分段朗讀給孩子聽時，孩子深深沉浸在故事的高潮迭起中，欲罷不能。讀畢，孩子們馬上央求我上網訂購前五集，因爲我們要繼續追這系列！

〈西奧律師事務所〉系列是美國暢銷作家約翰・葛里遜爲青少年讀者撰寫的法律小說，他透過引人入勝的故事鋪陳，將許多實用的法律知識傳達給年輕的孩子們。這是好小說在讀者產生的正面影響力，無須一板一眼、正經八百地向孩子解釋法律名詞和法院運作的機制，只要藉由迷人故事的帶領，孩子就能輕鬆認識法律，也能從閱讀此類故事中，漸漸形塑身爲公民應該具備的素養。

最新一集《老師犯規了》談的主題是「作弊」。但到底「作弊」算不算犯法呢？作弊的人是罪犯嗎？需要遭到起訴和判刑嗎？這個故事對此議題鋪陳了非常精采的推論與辯證，也對「能力分班」一事做了十分深刻的探討與省思，是非常好看又具深度的好書，令人忍不住豎起大拇指大力推薦！

另外我想說的是，身為母親的我很喜歡西奧與其周邊大人互動的方式，不管是西奧的父母、葉克法官或甘崔法官，他們都是尊重孩子、願意傾聽西奧心聲與想法的好大人，不會擺出高高在上的權威者姿態，以上對下的不平等方式來對待西奧。相反的，他們總是願意敞開胸懷與西奧理性溝通，而西奧也能理性回應，並非以叛逆、不服從之姿來抗議大人世界。這是大人與青少年之間非常棒的互動模式，值得想成為好大人的我們深思與學習。

【推薦文】

值得一再玩味的法律小說

前法務部部長 廖正豪

〈西奧律師事務所〉系列已邁入第六集，其爲作者約翰．葛里遜的第一部青少年小說，內容深入淺出，利用西奧生活周遭的人、事、物來開拓青年學子的法律視野。

我辭卸法務部部長職務後，便創辦「財團法人向陽公益基金會」，設立中輟生學園，推動法治教育，將守法觀念從小根植。我認爲，「法律就是生活，生活就是法律」，無論出門買報紙、搭公車或計程車等，皆與法律相關。縱然不出門，在家與家人之相處、如何互相尊重等，亦與法律有緊密關聯，本書《老師犯規了》中皮特一家人的故事即爲最好之例證。

本書內容中亦有許多發人深省的議題，如教育資源分配之問題、酒駕與酗酒及其治療方式、刑法與行政法之分野及最近我國亦熱烈討論的動保話題，值得一再玩味，是一本老少咸宜的讀物。

歡迎奧立佛・葛拉漢・林登

第1章

西奧一早起床，心情糟透了。其實前一晚上床時，他的心情就很糟，經過一整個晚上的沉澱，仍然不見起色。清晨的陽光照亮房間，而他只是盯著天花板，絞盡腦汁地想著可以一星期不用上學的辦法。一般來說，他不排斥上學，學校裡有朋友、老師，也喜歡大部分的課程以及辯論課，但有些時候，他就是寧可待在床上。現在就是如此，是一年當中最糟的時刻。從明天開始、後天一直到星期五，所有八年級生都得乖乖坐在書桌前，參加一連串可怕的考試，他也不例外。

狗兒法官知道情況不對勁，不知何時早就離開西奧身旁的位置，回到牠在床單上的老地方窩著。布恩太太並不贊同狗兒在西奧床上睡覺，但現在她人在樓下，安靜地看著早報，對此事無從得知。也許她什麼都知道？偶爾她在床單上發現狗毛，便問西奧是不是和法官一塊睡在床上，西奧通常會承認，但很快地補上一句：「我又能怎麼辦？」他熟睡的時候，要如何避免法官跳上床呢？老實說，西奧眞的也不想讓法官這樣，因爲牠習慣用力伸展四肢，常常逼得西奧退到床的邊緣，差點就要摔到地板上，因頭撞得疼痛而驚醒。他可不想那樣，法官還是睡在牠自己床底下的位置比較好。

事實上，法官總是隨心所欲，不只是在西奧房間，在這間屋子裡的任何地方都一樣。像今天這樣的日子裡，西奧對他的狗兒感到很羨慕。好棒的人生啊：不用上學，沒有家庭作業，沒有測驗，什麼壓力也沒有。牠想吃的時候就吃，幾乎一整天都在事務所裡呼呼大睡，看起來什麼都不擔心。布恩家的人滿足牠所有的需求，牠過著爲所欲爲的生活。

西奧心不甘情不願地下了床，摸摸狗兒的頭、道聲早安，卻少了平時的那份熱忱，然後逕自走進浴室。牙醫師上週才剛調整了他的牙套，下巴還有點痛。他對著鏡中的自己露齒微笑，端詳那滿嘴不討喜的金屬牙套，試著想像或許能趕在升上九年級之前拆掉這玩意兒，他試著抱著一絲希望。

他跨步走進淋浴間，開始思考升上九年級的事。高中生活。他就是還沒有準備好。他今年十三歲，對斯托騰堡中學很滿意，他喜歡那裡的老師，只有少數幾個除外；他是辯論組組長，即將成爲鷹級童子軍，並且自認是個領袖人物。他確信自己是學校裡唯一的少年律師，而且是他所認識的人當中，唯一夢想成爲頂尖出庭律師或優秀年輕法官的小孩。他無法下定決心。升上九年級後，只會變成另一個底層的無名小卒，身爲菜鳥高中生，沒有什麼尊嚴可言。目前的中學生活還算過得去，因爲西奧已經在那裡找到一席之地，然而幾個月後一切就要歸零。高中生活不就是足球、籃球、啦啦隊、開車、約會、樂團、劇團、大班制授課、穿著打扮、刮鬍子，還有那些和「長大」有關的事。他就是覺得還沒有準備好。他的朋友們大多想要趕快長大，但西奧一點也不急。

他跨步走出淋浴間，把身體擦乾。法官盯著他瞧，一心只想著早餐。眞是好命的狗兒。

他一邊刷牙，或者說是刷著他的金屬牙套，一邊在內心承認生活正在改變。高中生的日子不遠了，其中最重要且令人不快的警訊就是學習能力標準化測驗，那是一些在遠方的專家所想出來的可怕餿主意。這些專家決定要讓全國八年級生在同一時間接受同樣的測驗，如此斯托騰堡中學及全國其他學校才能了解學生的學習成果。但那只是舉行考試的原因之一，另一個原因，至少在斯托騰堡，是爲了將八年級生分成三部分，最聰明的那群人直接進入榮譽班，程度差的則安排進入學習遲緩的班級，而那些程度中等的學生不需要特殊待遇，可以享受正常的高中生活。

但其實還有另一個理由，考試也是爲了測試老師的教學成效。如果班上同學表現優異，那位老師就有資格取得獎金。要是表現得很差呢？那位老師就會有各式各樣的苦頭可吃了，甚至可能被炒魷魚。

不用說也知道，學力測驗這整件事爭議不斷，包括測試、評分、追蹤以及教學評鑑。學生恨死它了，多數的老師也不太喜歡。幾乎所有家長都希望自己的孩子能進入榮譽班，他們也幾乎得到失望的結果；那些被編入學習遲緩班級的孩子家長簡直要氣瘋了，甚至覺得很沒面子。

於是這件事鬧得沸沸揚揚。布恩太太堅決反對學力測驗，想當然耳，布恩先生持贊成意見。幾個星期以來，這一直是布恩家熱烈討論的話題，晚餐時間、開車時間，甚至連看電視時間都不例外。一個月以來，所有八年級老師都在幫學生準備考試，最常聽到的說法是「爲考試而教」，這表示不涉及任何創意的教學，上課變得毫無樂趣可言。

西奧對於學力測驗已經相當反感，而考試都還沒開始呢。

他換好衣服，拎著包包下樓去，法官跟在腳邊。媽媽和往常一樣，穿著睡袍窩在沙發上看報紙，小口喝著咖啡，西奧跟她打了聲招呼。布恩先生也一如往常，一早就出門去和老友們在市中心的快餐店碰面，一起喝咖啡、聊是非。

西奧弄了兩碗穀物片，一碗放在地上給法官。他們倆總是安靜地吃早餐，布恩太太偶爾會過來聊天；她察覺到西奧有心事的時候就會這麼做。今天她走進廚房，又再倒了咖啡，並拉了一張椅子在西奧對面坐下。「今天怎麼樣？」她問。

「更多複習，更多模擬考。」

「緊張嗎？」

「還好，只是我已經覺得很煩了。我的考試表現不好，我討厭考試。」

這是實話。西奧的學業成績幾乎全拿A，偶爾在科學項目拿個B，但他的考試成績一向不好。「要是我明年進不了榮譽班怎麼辦？」他問。

「泰迪，你在高中、大學或法學院都會表現傑出的，如果你決定念法律的話。不必擔心九年級會被分到哪一班。」

「謝謝，媽。」這話聽起來感覺不錯，即始她用了「泰迪」這個小名，好在只有媽媽一個人這麼叫他，而且只在他們獨處的時候才叫。

西奧有些朋友的父母對這件事大驚小怪，緊張到晚上失眠。如果無法進入榮譽班，他們堅信孩子這輩子就完蛋了。西奧覺得這整件事都很蠢。

媽媽說：「我想你應該知道，學力測驗在全國各地引起不少反彈，這個制度愈來愈不受到歡迎，而且舞弊事件層出不窮。」

「要怎麼樣在標準學力測驗中作弊？」

「我不太清楚，但是我看過作弊的相關報導，是說某一區的老師篡改標準答案。很難以置信吧？」

「老師為什麼要做這種事？」

「嗯，就這個事件來說，那所學校的評鑑結果非常不好，名列觀察名單。再加上那位老師想爭取到領獎金資格。都是一些莫名其妙的理由。」

「我覺得我快吐了。我看起來很蒼白，對吧？」

「不會啊，泰迪，你看起來臉色紅潤。」

現在是八點鐘，該走了。西奧把兩個碗洗乾淨，和往常一樣放在水槽裡晾乾。他親親媽媽的臉頰，然後說：「我走囉。」

「你有帶午餐錢嗎？」她問，每週五天都是一樣的問題。

「一直都有。」

「那回家作業寫完了嗎？」

「完美無瑕呢，媽。」

「那我們什麼時候見呢？」

「放學後我會去事務所。」西奧每天放學都去事務所，毫無例外，但布恩太太總是會問。

「路上小心。」她說：「還有，要記得微笑喔。」

「我一直面帶微笑呢，媽。」

「媽媽愛你，泰迪。」

「我也愛你。」

西奧走出家門，和法官道別。狗兒晚點才會搭布恩太太的便車去事務所，開始牠無憂無慮的生活，一整天只要吃飽睡、睡飽吃就好。西奧跳上腳踏車疾駛而去，心中再次期盼著，要是接下來四天能變成一隻狗該有多好。

第2章

八點四十分的鐘聲響起，蒙特老師號令恢復秩序。星期一，他們班通常相當喧譁，不管週末發生什麼事都要聊個不停。今天卻不一樣，他們顯得很壓抑。其實全八年級，無論是學生、老師還是行政人員，甚至祕書和工友，大家都很畏懼這個星期的來臨。

伍迪舉手說：「蒙特老師，我有個好主意，你聽看看。既然我不想上榮譽班，而聰明的我也不適合學習遲緩班，那何不就給我一個『過關』的資格，讓我直接去正常班上課，省略那些測驗？」

蒙特老師笑著說：「因爲學校說學生必須接受測驗，這也是爲了確認學校運作良好的方式之一。」

「我們學校排名全州的前十名，至少你們一天到晚都是這麼說。」伍迪回應：「我們學校當然運作良好，我們有很棒的老師、聰明的學生和那些成果。」

「我很抱歉。同學們，其實我對那些測驗也沒什麼好感，但規矩不是我訂的。」

伍迪乘勝追擊。「好吧，就看看我們班好了，我們都知道雀斯、喬伊和艾倫，或許還有西奧，他們都會考高分、編入榮譽班。我們也知道那些程度差的，有賈斯汀、達倫，當然還有愛德華，他們是學習遲緩那組。那爲什麼不能讓其餘的我們直接承認自己是一般程度，不需要再測驗了？」

班上傳來一片噓聲。愛德華說：「你才學習遲緩哩，大笨蛋。」

「我的智商比你高多了。」達倫的聲音從旁邊傳來。

「你體育課差點被當耶！」賈斯汀在後排座位大叫。

「好了、好了。」蒙特老師說，舉起雙手示意。「大家都說夠了。」

「我覺得我快吐了。」伍迪說：「我眞的很不舒服。」

「別裝了。第一堂課會由卡曼老師幫你們複習數學，接下來是愛柏莉老師的語言藝術課，然後休息十五分鐘。我知道你們都覺得很興奮，我們開始吧！」

他們唉聲嘆氣，拖著腳步走出教室，沉重得像是要前往刑場。

歷經三小時的折磨，同學們往餐廳集合，這半小時的午休時間讓他們雀躍不已。西奧正想擺脫那些男同學，碰巧看到愛波獨自坐著。他拿著自己的那盤義大利麵和沙拉，慢慢走到愛波身旁的椅子坐下。「有什麼好玩的嗎？」他問。

「哈囉，西奧。」她靜靜地說。他們是好朋友，倒不是男女朋友之類的，雖然伍迪和其他男孩時常在西奧面前嘲笑他的「怪女友」。愛波和別人不一樣，那不是怪。她個性嚴肅，常常悶悶不樂，也常常被同學誤解。她打扮得像個男孩，頭髮剪得很短，對時尚、年輕人的八卦、社群媒體之類的東西都不感興趣，她覺得那些都是無關緊要的小事。她熱愛藝術，夢想成爲畫家，定居在巴黎或聖塔菲，離家遠遠的，畢竟她的家不是個讓人愉快的地方。她的父母簡直是瘋子，哥哥姊姊早就逃離那個家，她通常得獨自保護自己。

在八年級的學生當中，西奧大概是唯一試著去了解她的人。「你和我一樣也覺得很無聊嗎？」他問。

「無聊透頂。我多希望星期五下午趕快來，到時候這些測驗就告一段落了。」

「你會緊張嗎？」他邊說邊把一大口義大利麵送到嘴裡。

「會啊，超緊張的。西奧，我得進入榮譽班才行，因爲那裡的藝術課程比較多。其他的我什麼都不在意，但是藝術班人數少，最好的老師都在榮譽班。」她聲音輕柔，拿著叉子將盤中的沙拉推來推去。她的食量很小，麵包幾乎都沒碰，西奧眼巴巴地看著。

「你一定會表現得很好，愛波。要是你想的話，每個學科都拿A也不成問題。」但愛波並沒有，因爲家裡的大人都不管她的學業。她缺席的日子比其他同學多，即使來上課，常常也沒做好準備。她的法文和西班牙文成績漂亮得很，卻對其他科目不感興趣。除了藝術。

「家裡的情況怎麼樣？」他問，視線朝四周掃了一遍。這個問題意義深遠，因爲可能會得到千奇百怪的答案。愛波一家在鎮上一個較不好的區域租屋，而她不讓其他朋友有機會去她家，但西奧明白她爲何這麼做。

「我想還可以吧，和之前差不多。我都待在房裡看書、創作。」

「沒什麼狀況就太好了。」

「謝啦，西奧。你的測驗成績一定會很好。」

「其實我才不在乎呢。」

「不，我知道你很在乎。你的學業表現優異，也很有競爭性，你想成爲每個班級最頂尖的人，包括法學院。不要跟我說你不在乎。」

「好啦，或許我是有點在乎。可是法學院感覺還很遙遠。」

「是沒錯啦。我們先念完高中再說。」

「好。」

一個叫皮特的男同學從餐廳的另一側朝他們走來，一副欲言又止的模樣。雖然都是八年級生，但因爲不同班，西奧和他並不熟。皮特手上空空的，沒拿餐盤，也沒有裝午餐的牛皮紙袋。他緩緩坐下，緊張兮兮地瞄了愛波一眼，然後看著西奧。「嗨，皮特。」西奧說。

「我可以和你聊聊嗎？」他怯生生地說，愛波好像忽然變成隱形人。

「呃，當然。怎麼回事？」

「可以聊聊嗎，就我們兩個？」

「我剛好快吃完了。」愛波邊說邊拿著餐盤起身。「晚點見，西奧。」

「很抱歉。」皮特在她離開之後說：「我不是故意要打擾的。」

這個嘛，你倒是挺會的。西奧心裡這麼想，嘴上卻沒說什麼。這小子臉頰上有個瘀青，看起來一臉驚恐。「我們可以去外面談嗎？」他問。

「你吃過了嗎？」西奧問。

他微微點頭，彷彿不確定似的。「吃了。」

西奧將好大一口義大利麵往嘴裡塞，然後拿著餐盤到回收檯。他們走到操場，沿著邊緣繞行，和那裡的其他孩子們保持距離。他們一直走著，皮特似乎無法自己進入話題，於是西奧打破沉默說：「你的臉怎麼了？」

「你知道關於律師的所有事，對嗎？」

「我猜是吧。我爸媽都是律師，我也在旁邊學了不少。發生什麼事了？」

「我爸酗酒，有時候還嗑藥。星期六那天他很晚才回家，喝得醉醺醺的。他和我媽大吵一架，然後動手打她，她的嘴唇都破了，還流血。我是長子，有兩個妹妹，我試著保護媽媽。我被摑了好幾巴掌，十歲的妹妹雪倫打電話報警。後來警察來了，他們逮捕我爸，將他帶走。情況很糟，實在太糟了。他被關了起來，但現在我媽、兩個妹妹和我都很害怕，不知道他出來時會發生什麼事。」

西奧仔細聽著，他們的腳步沒停下來。「以前發生過這種事嗎？」

「有，可是他沒打過我。幾個月前，我媽威脅要報警，他才冷靜下來。他說要是我媽敢告訴別人，就殺了她。但我媽如果現在對警方說出來，他就會吃上牢飯、失去工作。西奧，我們家沒有什麼錢，我媽得兼兩份差，現在，我想我們真的有大麻煩了。我媽該怎麼辦呢？什麼都不說，然後繼續被毆打到死？還是對警方全盤托出，讓我爸去坐牢？我們不知道該怎麼辦才好，西奧。」

西奧才十三歲，這些問題連大人都很難回答。「他現在還遭警方拘禁嗎？」

「對，他昨晚從警局打電話回家，說他今天會被放出來。我媽嚇得半死，我也是。」

「你媽媽有認識的律師嗎？」

皮特哼了一聲，這問題也太荒謬了。「我們請不起律師，西奧。所以我才來找你談啊。」

「我不是律師，不能提供法律建議。」

「我知道，但我們還能怎麼辦？」

西奧不確定該怎麼做，不過他非得做點什麼。要是他放手不管，皮特的媽媽，甚至皮特自己，可能都會有危險。西奧說：「我媽媽知道該怎麼做。她是城裡最強的離婚律師。今天下午你和你媽媽可以來事務所一趟嗎？」

「我不確定。我不知道媽媽是否願意，因爲一旦我爸發現她去找律師，可能又會發飆。我媽被困住了，西奧，她深陷泥沼卻不知道該往哪裡去，也不知道該做什麼。」

西奧停下腳步，一隻手放在皮特的肩膀。「就這麼辦吧，皮特。我不知道該怎麼做，而你也是，但我們只是小孩子啊，我媽媽一天到晚都在處理這種事，她會斟酌情況，給你媽媽最好的建議，她會知道該怎麼做最好。你要相信我、相信她。我給你事務所的地址，也會先和我媽談談，今天下午我們就在事務所碰面，我保證情況會變好的。」

皮特的嘴唇顫抖，眼睛溼潤。「謝謝你，西奧。」他努力吐出這幾個字，聲音哽咽。

一個小時後，西奧在基礎生物學複習課上煎熬著，他的思緒飛到與皮特的那段談話。那可憐的孩子簡直活在惡夢裡，一方面擔心自己被禽獸般的父親施暴，另一方面又擔心母親的生命會有危險。像皮特這樣的孩子，怎麼能好好參與這四天的學力測驗、專心考試，然後拿到得以編入榮譽班的好成績呢？而這次的編班結果極有可能決定他的未來。這一點道理也沒有，至少西奧是這麼想。

第3章

最後一堂課的鐘聲響起，西奧拎著背包逃離學校。他跳上腳踏車呼嘯而去，十分鐘後，滑行的腳踏車在布恩&布恩法律事務所前停下，那是位於帕克街的一棟兩層樓建築，是民宅改建的辦公室。西奧將腳踏車推上人行道，停在門廊旁邊。他深深吸了口氣，走進事務所，一進門，立刻就被這家法律事務所裡最資深的祕書兼接待人員艾莎攻擊，這位女士自認爲是西奧的另一個媽媽。一看到西奧，她的話匣子立即開啓：「啊，哈囉，西奧！」她從椅子上跳下，一把抓住西奧，緊緊擁抱之後將他推開，細細打量他的衣著，然後說：「你上週五不是才穿過這件襯衫？」

「沒有啊。」每天都要這樣被艾莎拿著放大鏡看，西奧覺得很煩。他今年十三歲，並不在乎穿著這件事，那艾莎又何必這麼在乎呢？

「今天過得如何？」她說著，捏捏西奧一側的臉頰。

「很糟，糟透了。而且明天只會更糟。」

「哎呀，西奧，你就想想世界上那些不幸的孩子，他們沒有好學校可讀，沒有好老師，也沒有健康的午餐。你應該要感恩，還要……」

「我懂、我懂。」西奧一邊說一邊往後退，他對這些瑣碎的訓話實在感到很厭倦。「今天廚房裡有什麼？」每到下午三點，他總是飢腸轆轆，而事務所的廚房裡總是有些點心可吃。法官終於從艾莎桌底下的小床起身，那是牠在這間事務所的眾多休息處之一，牠走過來打招呼。西奧摸摸牠的頭，心想：這小子眞好命啊。

「陶樂絲帶了布朗尼過來。」艾莎說。

「不會是那些混著花生醬的小東西吧，嘗起來就像厚紙板。」陶樂絲的布朗尼連法官都不願意碰。

「喔，西奧。」艾莎說，一點也不急著繼續做她手邊的工作。她身形瘦削，對食物不感興趣。她喜歡穿那些貼身的緊身褲和毛衣，顯露她的苗條身材。布恩太太說艾莎選的衣服只有艾莎自己能穿，畢竟她至少七十歲了。

「我媽媽在嗎？」

「在，不過她在和客戶談事情。」

「我要和她預約時間。」

「西奧，你不用預約也能和你媽媽見面呀。」

「不是爲了我的事啦，艾莎，是我的朋友。我還沒有要離婚。」

艾莎往她桌上的大型月曆瞥了一眼，也是她的每日行事曆，那張至關緊要的紙上記載著所有與客戶預約的會議、出庭時間以及休假日期，甚至還有西奧預約看牙的時間。「她四點半有個空檔。」

「謝啦，艾莎。要是有個叫做皮特．賀蘭的人來電，請幫我接過來。」

西奧蹦蹦跳跳上樓，進入他爸爸的轄區。一如往常，爸爸坐在雜亂不堪的大辦公桌後方，嘴裡叼著菸斗，領帶鬆開，一副已經在成堆文件中打滾了好幾天的模樣。他微笑說：「哈囉，西奧，今天在學校過得好嗎？」

西奧陷進椅子裡，法官也在他身旁就定位。「很糟，爸，糟透了。學校煩得要命。」

「嗯，既然不能輟學，我建議你不要再埋怨，好好承擔。學力測驗很重要，你一定要好好表現。」

謝謝你的廢話啊，爸。他們聊了一會兒，忽然電話響起，布恩先生伸手要拿起話筒。「你該移動了，去做功課吧。」

這個星期唯一的好處大概就是他們沒有回家作業。西奧下樓去，在冰箱裡翻找一番，除了幾個放了很久的甜甜圈之外，什麼東西都沒有。最後他只好慢慢晃回他的辦公室裡消磨時間。他無聊得很，睏意很快襲來，於是他把椅子往後退，雙腳放在桌上。就在快要開始打瞌睡的時候，媽媽敲門走了進來。

「哈囉，西奧，艾莎說你有事要找我。」

「沒錯，媽，學校裡有個同學需要你的幫助。」

「他有什麼狀況嗎？」

「說來話長。那個男孩和他媽媽可能身在險境。」

「我們去我辦公室裡談。」

皮特．賀蘭和他媽媽與兩個妹妹抵達時，已經快要五點了。妹妹們一臉驚恐，像是嚇得不敢說話。十三歲的皮特想要裝出自己是這個家的男子漢，然而這個擔子彷彿要將他壓垮。媽媽叫愷芮，她的一隻眼睛腫了起來，上唇還劃了一個口子，看起來像是哭了好幾個小時。布恩太太向她自我介紹，表明自己願意幫忙，愷芮一聽，眼淚再度潰堤。布恩太太請愷芮一起進入辦公室後，便把門帶上。西奧指著會議室說：「我們去那裡等。」皮特和兩個妹妹跟著西奧，艾莎則匆匆往廚房走去，然後端著幾個有點歷史的甜甜圈和幾杯含糖飲料回來。甚至連法官都很關心這幾個孩子，並允許妹妹們摸牠的頭。

皮特說：「我爸昨天下午被放出來了，他在找我們。我媽真的嚇壞了，不知道該怎麼辦才好。」

十歲的妹妹雪倫好不容易開口說話：「媽媽說我們不能回家。」七歲的莎莉咬著甜甜圈，目不轉睛地盯著西奧，彷彿他長了兩顆頭。

「我們該怎麼辦？」雪倫問，似乎以爲西奧什麼都知道。

艾莎看過很多這樣的情節，她說：「布恩太太知道該怎麼做。現在我們來聊聊天吧，聊聊學校的事。你們有把書包帶來嗎？也可以做功課喔。」他們搖搖頭，表示沒帶書包。

因爲是星期一，西奧打電話給他的伯父艾克，告訴他今天無法照常赴約，西奧承諾幾天後會去一趟。

布恩先生下來打聲招呼，立即領悟到也許他多待一會兒比較好。他脫掉外套，坐在桌邊，想辦法說服莎莉開口聊天。儘管事務所的人努力安撫這些孩子，氣氛還是很奇怪，畢竟他們的母親正在和律師談話，生活變得一團亂。

一小時後，布恩太太辦公室的門開了。她和賀蘭太太走了出來，進入會議室。布恩先生彬彬有禮地自我介紹，由於賀蘭太太過於沮喪，她沒說幾句話，只是不時地用面紙擦眼淚。布恩太太看著艾莎和布恩先生說：「賀蘭先生今天保釋出獄，大概在下午兩點，他因行使暴力罪嫌被起訴，下週開庭。他持續打電話給賀蘭太太並留言，話中帶威脅。這段期間他在市區內不停打轉，開著車四處尋找他的家人。」

賀蘭太太插話說：「而且他又喝酒了，我聽得出來。」

布恩太太點點頭，繼續說：「我已經和警方通過電話，他們也在搜尋賀蘭先生。我建議賀蘭太太今天晚上不要回家，她也同意了，雖然有幾個可以讓他們暫住的朋友，但那也表示，很容易就會被賀蘭先生找到。我打電話到庇護所詢問，目前沒有空床，至少今晚沒有。」

「所以我們要躲起來嗎？」皮特問。

「我們正在躲。」他媽媽說。

「我只想回家。」雪倫說，開始大哭。

「我們不能回家。」皮特斬釘截鐵地說。

「所以打算怎麼辦呢？」布恩先生問。

「我想大家可以去我們家，開個披薩派對。」布恩太太回答：「我們可以一起看電視，看看事情會怎麼發展。」

「好主意。」布恩先生說。

「我來訂披薩。」艾莎說，倏地起身。

莎莉看著布恩先生，臉上露出一絲微笑。

兩個小時後，布恩家的起居室裡鋪滿了毯子、枕頭，還有孩子們。披薩早就吃光了。莎莉依偎在母親身旁，她們坐在沙發上，而皮特、雪倫、西奧、艾莎和法官在地上隨意坐著，一起收看《大家都愛雷蒙》的重播。布恩先生在書房裡看書，布恩太太從容地在各個房間穿梭，偶爾在廚房低聲通話。西奧走進廚房，悄聲問：「媽，現在怎麼樣了？」

她悄聲回答：「警方還沒找到賀蘭先生，他們今晚不能回家，太危險了。他很有可能在喝酒，或許已經醉了，誰知道會發生什麼事。他們今晚要待在這裡。」

西奧完全理解這個狀況，也不介意保護這家人。「可是明天呢？」

「賀蘭太太的娘家離這裡有四個小時車程，可以考慮去那裡，或許待個幾天。最後警方勢必會找到賀蘭先生，依恐嚇罪嫌再度將他逮捕。我應該會出庭，申請保護令。至於現在，賀蘭太太說她想要離婚，把先生逐出家門，但那可能不容易。我也不知道，西奧，我們得看事情如何發展，每個小時的狀況可能都會不同。最重要的是，要確保他們的安全。」

「如果沒辦法離婚，她會瘋掉的。」

「離婚從來就不容易啊，西奧。相信我，很多女人都在忍受家暴，她們以爲自己不得不如此，一旦離開配偶、失去工作的保障，就無法生活。我一天到晚都在處理這種狀況。」

「我以後不要當離婚律師。」

「我們可以慢點再討論這件事，好嗎？」

「當然好，媽。謝謝你願意幫忙，我總覺得自己對這件事有責任。」

「你沒做錯，西奧。對律師來說，牽扯上種種不愉快的狀況都是無法避免的，還有誰能伸出援手呢？」

「警方。」

「他們正在努力。你們可以睡在起居室，熬夜看電視。盡量讓氣氛愉快些。」

「那表示我明天可以蹺課嗎？」

「沒這回事喔。」

第4章

凌晨兩點十四分，法官開始低吼，牠就站在西奧頭部附近，瞪著距離他們不到六公尺的前門。西奧醒了過來，他知道有狀況，於是爬到窗邊，發現一輛貨車停在郵筒附近的人行道旁，接著看到一個人影閃過前門的階梯。

「怎麼回事，西奧？」賀蘭太太輕聲問。她躺在沙發上，和莎莉共用一條毯子。可以料想到她尚未入睡。

「有人在外面。」西奧說。他快步走向玄關，把外面的燈打開。不到一秒鐘，傳來一陣巨響，有人在猛烈敲門，一遍又一遍。有個十分憤怒的男人在外頭吼叫，並用拳頭使勁搥門。法官開始狂吠，屋裡的每個人都陷入恐慌，瞬間彈起。布恩先生大吼：「快報警！」布恩太太衝向電話。

「給我開門！」那個男人一面吼叫、一面撞門。「我知道你在裡面，愷芮！」

「是藍迪。」賀蘭太太說：「那個老傢伙藍迪，他喝得爛醉如泥。」

「帶孩子去廚房待著。」布恩先生說，然後走到門口，「我們要報警了，賀蘭先生。」

「給我開門！我有權見我的老婆和孩子。」

「他們現在不想見你。請你不要再大聲敲門了，鄰居會被吵醒。」

「老子才不在乎。我要我的家人！」

「你現在為什麼不先離開，明天我們再坐著好好談事情？大半夜上演這齣鬧劇，對誰都沒有好處。」

法官像是瘋了般吠個不停，卻不願往門口再靠近一步。布恩先生怒吼：「安靜，法官。西奧，把狗帶走！」

「警察就快到了。」布恩太太輕聲說，步出廚房。「繼續和他說話。」

布恩先生將門開了一條縫，門鏈還是掛著。他透過一扇金屬外門看著藍迪，對方一發現門縫，立刻又開始猛烈敲門。「給我開門！還我老婆和孩子！」

「請靜一靜，賀蘭先生。」布恩先生說。對街佛格森家的燈亮了起來。說時遲那時快，藍迪從花床撿起一塊大石頭，猛然往金屬外門上的玻璃砸過去。布恩先生在玻璃粉碎前及時關上內側的木門。法官勇敢地撤退到沙發後方，在一處安全的地方哀鳴。廚房裡，莎莉和雪倫在哭，皮特正努力安撫她們。

「他瘋了。」布恩先生很震驚。

「就跟你說啊，」愷芮站在廚房走道說：「又醉又瘋狂。」

「這什麼爛門！」藍迪吼著，開始狂笑。西奧躲在一張椅子後方，從百葉窗後面偷窺著。那個男人眞的很可怕，他的體型高大壯碩，蓄著大鬍子，長髮從棒球帽裡竄出。他的身體搖搖晃晃，步伐踉蹌，顯然已經醉了，接著往後退一步，以低沉的聲音吼著：「你自以爲很聰明嗎，愷芮？其實你笨得要命，我追蹤你的手機，就找到你了。你這個笨蛋。」他差點從台階摔下，及時抓住一根鐵欄杆。

布恩先生拉開門，露出約三公分的門縫，冷靜地說：「賀蘭先生，我已經報警了，警察正在路上，你現在可以靜下來了嗎？」

「我才不在乎你找誰來！」他吼著：「叫警察、叫警長、叫聯邦調查局啊！去死吧，去把海軍全叫來啊，你以爲我在乎嗎？我只是想見我的家人！」

布恩先生語氣平穩地說：「事實上，他們不想見你。如果你不離開，就會送回牢裡。」

「我就不離開，聽到了嗎，這位先生？沒有老婆和孩子，我絕不離開。你沒有權利把他們關在這裡。」

對街有更多屋子的燈亮了。佛格森夫婦穿著睡衣，站在自家門廊。藍迪試著從花床上再拾起一塊石頭，卻一時失去平衡而摔進灌木叢。他掙扎著起身，喃喃地罵著髒話，拍著身上的泥土，忽然注意到佛格森夫妻倆正看著他。這讓他非常不快，他大吼：「你們別管閒事！」

佛格森夫婦什麼都沒說。

藍迪指著他們吼：「愛探人隱私的傢伙，你們就是。我說不定會越過馬路，對著你們家的門丟石頭。想要我那麼做嗎？」但他穿越布恩家前院草坪時又一次失去平衡，被自己的腳絆倒。他再度摔倒在地，狼狽地想爬起來。

此時，還好對街出現藍色的車燈。

藍迪．賀蘭乖乖地被帶走，警察幫他戴上手銬，讓他坐上巡邏車。他的家人從窗戶目睹這一幕，四個人的眼眶裡滿是淚水。

賀蘭太太在先生被拘捕之後決定回家，照顧孩子上床睡覺。她反覆地對布恩一家人道謝，皮特和雪倫也是，他們離開時大約是凌晨三點半。西奧協助他父母將起居室恢復原狀。他說：「天啊，再怎麼樣我明天也不可能去學校。快累死了。」

他媽媽嚴厲地說：「那我建議你立刻上樓睡覺。」

「把你的狗帶上去。」布恩先生說：「好一條會保護主人的狗啊。」

「哇，謝啦。你們倆可真是有同情心。」

「別再耍嘴皮子了，」布恩先生說：「我已經聽膩了。」

第5章

星期二早晨，大禮堂的氣氛凝重，全校的八年級生魚貫而入。一排十七張桌子，一共十排，已經完美排列好，而靠近後方的牆邊擺了四張多出來的桌子。每位導師引領學生們入座。蒙特老師的人馬坐在第二排，依姓氏的字母排序。西奧是從前面數來第三個，里卡多・艾爾伐瑞茲和愛德華・班頓坐在他前方。他的右邊坐著一個名叫黛絲・卡佛的女孩，左邊的女孩叫雷莉，不知道姓什麼。他們總共有一百七十四人，多數人西奧都認識，不過要認識所有人不太可能，更何況是女生。男女分班的制度目前已經進入第三年。

西奧對皮特點頭，對方坐在第四排中間。他在想皮特是不是也覺得很累。或許吧，經歷了那樣的一夜。西奧對所發生的事感到不安，難以想像皮特會有多困惑。

葛萊德威爾校長致開場詞，又是那套要大家放輕鬆、有效率地應試的無聊說法，還有就是考試時間很緊湊，寫完每個單元最要緊，諸如此類。這些話他們聽過太多次了。考試時間超過三小時，中間只有兩次短暫的休息，接下來是午餐時間。他們每天下午花三個小時準備隔天的考試，星期五的午後時光彷彿是一年以後的事。

老師們迅速發下考卷。輪到西奧時，他覺得胃都糾成一團了。每個同學拿到試卷後，主要的監考人員蒙特老師宣布開始作答。學生應試時，各班老師整齊劃一地往大禮堂四處散開，意圖很明顯：眼睛盯著自己的試卷，別往別人那裡瞄。

試場裡鴉雀無聲，痛苦的試煉開始了。

午休期間，西奧匆匆用餐後就去找皮特。他們走著和昨天一樣的路線，沿著操場邊緣，與其他人保持一段距離。皮特說他昨晚回家後無法成眠，又因爲太累而沒法思考，考試大概搞砸了，但他不在乎。他媽媽和警方通過話，他們向她保證，賀蘭先生會被關上幾天，至少他們暫時是安全的。「重罪指的是什麼？」皮特問。

「那是更嚴重的罪行，另外還有較輕微的犯行，但重罪不是。爲什麼問這個？」

「警方說他被以惡意破壞私有財產起訴三級重罪❶。我猜那表示他會在牢裡待很久，對不對？」

「有可能，但我覺得他不會被判很久。只是要在郡立拘留所待幾個星期。這很難說。」離婚、判刑、失業，對小孩來說，這一切實在太難理解了。「西奧，昨晚謝謝你。」

❶英美法律中將重罪分三級，一級刑罰最重，三級最輕，視犯罪情節處以一年以上刑期。

「沒什麼啦。」

「我媽今天下午和你媽媽有約，我猜是要談離婚的事。眞是難以置信。」

「我媽媽擅長以各種方式幫客戶避免離婚，皮特。最後她幾乎都能讓夫妻雙方同意接受婚姻諮商。先別放棄。」

「謝謝你，西奧。」

「還有也不要放棄考試。」

「我現在就想逃走了。」

我也是，西奧很想這麼說，但他裝作是硬漢，說：「那樣不行，皮特。你得沉住氣，專心應試。」

「我會努力的。」

最後一堂課的鐘聲在三點半響起，西奧迅速跳上腳踏車，飛也似地離開學校。抵達事務所後，他很快地和艾莎、他媽媽及法官打招呼，接著又飛速穿越五個街區，前往一四四〇童軍團每個月第一和第三個星期二在美國海外退伍軍人協會的集會；今天是第二個星期二，不是正式集會日，但少校召集大家時，並不允許他人質疑。

再過幾個月，西奧就要晉級爲鷹級童軍了。他已經取得二十個榮譽勛章，只差一個就大功告成，而少校給了他很多壓力。他期待自己帶領的所有童軍都能晉級成鷹。西奧猜測少校可能想要評量他的程度，這件事通常在正式集會之外的日子進行。他把車子停在伍迪的車旁後走進去，少校正在和卡爾、伍迪、哈迪及一個從東方中學來的八年級生梅森聊天。

男孩們圍繞著少校，坐在摺疊椅上。「我知道這星期對身爲八年級生的你們來說很不容易，要準備各種考試。」

「糟透了。」伍迪脫口而出。

哈迪說：「連續考四天。」

少校微笑說：「好，我有個主意。截至目前爲止，我們這團一共有三十九位童軍，其中十六位在讀八年級。我知道你們這禮拜很辛苦，所以我想在週末舉辦露營旅行，參加與否全看你們個人意願。」

男孩們的精神爲之一振。在樹林裡度過週末時光，沒有什麼比這更刺激了。

少校繼續說：「薩撒瓜國家公園剛開放了一條新的登山路徑，全長約六十四公里，也就是要在野外待兩個晚上。你得背著所有東西登山，包括帳篷、睡袋、食物、衣服和衛生紙。那裡有一些難度較高的地方、懸崖和陡坡，還有峽谷和幾個洞穴。整條步道沿著薩撒瓜河而建，位於這座公園最爲人跡罕至的區域，聽說那裡的景色相當壯麗。我計畫在星期五下午啓程，考試一結束就出發。開車大概要兩個小時，天黑前一定能抵達。我想我們可以往樹林裡走個八公里再紮營。誰要參加？」

所有男孩幾乎都太震驚而不發一語。這個童軍團每個月都會挑一個週末去樹林裡露營，那當然是不容錯過的行程，但這個更棒。一小群最優秀的童軍跟著少校登山，全仰賴背包裡的物資生活。他們都想參加！

西奧的興奮難以言喻。不管他週末原本有什麼計畫，全都得靠邊站。接著卡爾垂頭喪氣地說：「可惡，我奶奶這個週末要來，再怎麼樣我都沒辦法脫身啊。」

「可惜了。」少校說：「伍迪、哈迪和西奧，你們去打電話給其他八年級同學，看看誰能參加。我們得盡快成軍。」

「那我們團裡的其他成員呢？」西奧問。

「好，我會答應你們的學弟，將這條路線當做年度登山行程，算是學力測驗後的犒賞。至於學長，我會想辦法彌補他們。這件事看來不會有任何問題。」

「誰在乎那些老傢伙啊？」伍迪說：「我們走吧。」

「好好計畫。」少校命令：「記得擬一張待辦事項表，別遺漏任何一件事。進入樹林後，除了靠自己的雙腿走出來，沒有別的法子離開。關鍵就是要好好計畫。」

每週一下午，按照家族慣例，西奧得去他伯父艾克的辦公室拜訪。如果艾克心情不錯，就會很愉快；如果艾克心情不好，西奧就不會久留。艾克心情的好壞，機率大概是各一半。他曾經是受人敬重的律師，是個稅務專家，現在的他替幾個客戶管帳，收入有限。他曾在布恩&布恩法律事務所裡有一間很好的辦公室，現在他在一家希臘小館樓上工作，一個像垃圾堆的地方，也沒有自己的祕書。他結過婚，有兩個孩子，現在他已經離婚，孩子都是成人，不在他身邊了。西奧的堂兄弟從未回到斯托騰堡這個小鎮，與父親毫無瓜葛。西奧的媽媽說，艾克曾經相當時髦，穿著深色西裝，繫著高級的絲質領帶。現在他穿褪色牛仔褲、拖鞋和T恤，將一頭灰髮緊緊往後綁成一束馬尾。就西奧所知，以前那個版本的艾克和他認識的這位截然不同。

那也無所謂。西奧很喜歡他的艾克伯父，他們倆很投緣。

因爲西奧星期一下午和賀蘭家的人在一起，在與少校短暫而愉快的會面之後，他決定星期二下午去一趟艾克的辦公室。一如往常，艾克坐在辦公桌後方，被成堆的文件圍繞著，音響輕柔地播放巴布．迪倫的歌聲，電話旁放著一罐啤酒。「喔，我最喜歡的姪子好不好啊？」他每次都問同樣的問題。

西奧常常在想，爲什麼大人會養成重複問同一個問題的習慣，怎麼會這樣呢？但他知道這沒什麼明確的答案。「我過得糟透了。而且我是你唯一的姪子。」

「噢，對了，當了一整個禮拜的考試機器人。眞是蠢斃了。我小的時候，老師的功能是教學，但現在呢……」他舉起雙手說：「抱歉，我想我們上星期討論過這個了。」

「沒錯。昨晚有個醉鬼想強行闖入我們家。」西奧微笑地說。每次見面前，他都會先想一件有趣的事，好與艾克分享。

「哦，快說吧。」艾克一邊說，一邊啜飲啤酒。

西奧興致勃勃地把賀蘭家的故事全盤托出，賀蘭先生的攻擊事件在他的描述下顯得比實際狀況更嚇人，但他知道艾克喜歡聽精采的故事。艾克自己曾說，只要一點誇飾法，任何故事都能變得更好聽。

西奧繼續說：「媽媽說他會被關上幾天，依重罪起訴。」

「那傢伙是怪物，警察沒轟掉他的腦袋算他好運了。」

「或許吧，艾克。我知道你不喜歡警察，但昨晚看到警車的藍色車燈讓人鬆了一口氣。」

「我想也是。」

「不管怎樣，媽媽正在想辦法保護這家人。她認爲那個人需要協助，解決他的酗酒問題。」

「我也是這麼想。」艾克說著，小口喝下更多啤酒。根據西奧得到的情報，艾克也有酒精方面的問題，所以西奧父母很少和他往來。因爲這個問題，還有多年前在事務所爆發的事件，大人對發生的事情絕口不提，西奧決定自己去挖掘事情眞相。

他們又聊了一會。西奧說他得走了，因爲今天是星期二，他們一家人要去庇護所幫忙。

第6章

星期四下午，學力測驗進入第三天，西奧的腦袋快爆炸了，他一點也不在乎成績什麼的。他離開學校，踩著腳踏車在市區繞行，試著讓腦子清醒點。四點鐘，他和愛波約在高孚優格冰淇淋店碰面，照例點了雙球灑滿奧利奧餅乾屑的巧克力口味。愛波總是極力避免重複任何事，她繼續探險，點了單球的波森莓和芒果混合口味。愛波吃了不到一半，把剩下的給西奧，他吃了一口就放在桌上滑過去。兩人談論著測驗有多糟糕，他們多麼期盼星期五下午趕快來到。他們還談到九年級，西奧對此一點也不期待，愛波則急著升上九年級，擺脫現在的學校，她希望接下來幾年能夠快轉，好讓她可以離家。西奧覺得那樣好悲哀。

他最後回到布恩&布恩事務所。今天沒有回家功課，於是在辦公室玩起電動，卻又覺得很無聊。五點鐘左右，他媽媽輕輕敲門，問他可否去會議室一趟。他說：「當然可以，媽，有什麼事嗎？」

「等一下你就會知道。」她說：「跟我來。」

當他走進房間，訝異地發現皮特和他父母坐在長桌的一端，布恩先生和艾莎也在場。布恩太太和西奧坐下後，她說：「賀蘭先生有話要說。」

他緩緩起身，不過其實沒必要站起來。他顯然很困惑又緊張，清清喉嚨，看著在座的每個人，然後開始說：「大家聽著，我就坦白說了，我有酗酒的問題，明天我會去酒精勒戒所待上三十天，接受治療。在場的布恩太太和警方談好了，要是我不再喝酒、保持清醒，所有控訴都會撤銷。我保證我會做到。」他的聲音嘶啞，望向正在抹去臉上淚水的賀蘭太太。「我愛我的家人，我不會失去他們，我保證。」他的聲音又變得沙啞。這個人真的在掙扎，西奧覺得很同情。然而星期一晚上的事從他腦海裡閃過，還有星期二早晨最後一次見到賀蘭先生的時候，他醉醺醺地在前院搖晃著。現在簡直判若兩人！

西奧瞥了皮特一眼，發現他在擦眼淚。

賀蘭先生繼續說：「我想向你們所有人道歉。真的很慚愧，還好沒有人受傷，請你們見諒。」布恩家三人都點頭表示原諒。「我還想感謝布恩太太，好在有她出面，幫助深陷泥沼的我們。我發誓這種情形不會再發生，我也發誓會尋求協助，以保護我的家人。」

他的雙手顫抖，眼眶溼潤。「謝謝你。」他說完後坐下。

布恩太太說：「我接受你的道歉，這是我的工作，我很樂意幫忙。」

「謝謝你。」他說。賀蘭家的三個成員緊緊握著彼此的手。

「我們會盡自己所能幫忙。」布恩先生說。賀蘭一家人不知所措地點點頭。整個氣氛很尷尬，西奧快受不了了。一方面，他覺得皮特爲了他老爸的瘋狂行徑而受苦實在很可憐，另一方面，看到他們家可能有個好結局，他覺得鬆了一口氣。

最後他們全都站起來道謝，然後道別。西奧在前門門廊和皮特握手，祝福他們家一切順利。賀蘭一家人沿著人行道走到底，消失在街道的另一頭。

布恩太太是個忙碌的律師，而由於烹飪並非她的最愛，布恩一家多半是外食。星期一是羅畢里歐那家義大利餐廳；星期二他們去街友庇護所幫忙，也在那裡用餐；星期三外帶中華料理，西奧大概最喜歡這樣，因爲他們可以在起居室的小桌上用餐，一邊看著電視。法官也最喜歡這樣，因爲牠熱愛糖醋豬肉。

星期四他們會去一家小小的土耳其咖啡餐館吃烤雞，但這個星期四，西奧眞的沒有外出用餐的興致。他今天晚上會很忙，因爲要謹愼地準備他的登山與露營裝備。布恩太太六點有約，會工作到很晚，所以西奧說服他爸今晚再去金龍餐廳外帶東西回來吃。

晚餐過後，西奧匆匆上樓回房，將他的設備和補給品拿出來一一排好。每次過耶誕節或生日，他都會要求童軍偵察設備或露營用具當禮物。身爲獨生子，他早就明白自己很幸運，可以擁有比大部分小孩更多東西，不過他還是很小心不要表現出來。他找出那張「無敵輕背包」清單，開始準備行李。少校主張極簡且高效率的打包方式，他堅信任何人的背包都沒必要超過十三點六公斤。明天在退伍軍人協會，他會一一檢查每個背包的重量，再讓大家上車。

西奧用的是超輕量背包，包包本身是尼龍材質，加上氣墊式背帶和腰帶，還有十一個外袋，重量約一點五公斤。他的帳篷是一人帳，也是超輕量的尼龍材質，重量不到一點四公斤，直立時底座約一點八平方公尺，遠大於所需。他的睡袋有內襯，適合三個季節使用，重量約一公斤，攝氏零下一度以上的氣溫也適用。根據氣象報告，週末天氣溫和，他的泡綿睡墊約兩百八十克。遮雨棚只是一片塑膠布，不到五百克，還包括支架。

少校一看到需要烹調的食物就皺起眉頭，煮東西需要的配備太多，表示需要攜帶更多行李。相反的，他偏好可立食的東西和能量棒。西奧計畫好六頓餐點：星期五晚餐、星期六三餐及星期日早餐和午餐。他用零用錢買了三包急速冷凍乾燥的雞肉麵、兩包辣味起司漢堡、兩包早餐鬆餅和兩包俄羅斯酸奶油牛肉麵，只要加熱水就能即刻享用。他還有十二條能量棒，或許這樣有點太多，但多準備點食物總是好的。十五名童軍當中，西奧知道至少有兩個人的食物會不夠吃。他的食物總重量約一點一公斤，他的塑膠鍋組，包括一個容量兩公升的水壺、兩個碗、兩個馬克杯、刀叉和湯匙各一把，重量不到七百克。

既然他們會沿著一條固定的登山路線走，少校說就不需要擔心行走方向。西奧檢視他的清單，刪去地圖、羅盤和導航系統。他知道少校會帶小型導航系統和手機。

回到清單：手電筒、電池、護唇膏、防曬乳、備用的氣喘吸入器、刀子、急救箱、水壺、火柴、點火器和裝在小型防水容器的衛生紙。他的衣物包括星期五下午會穿著走進森林的行頭，再加上兩件襯衫、一條褲子、襪子、內衣、斗篷雨衣、一件背心和一雙手套。他不打算帶牙刷和牙膏，那多浪費空間啊！他的登山鞋防水，既然穿在腳上，它們的重量不被計算在內。只有裝進背包裡的東西才算，總重量不能超過少校所設的十三點六公斤上限。

西奧小心翼翼地將各種裝備和配備裝進背包裡，最後照舊塞滿所有空間，不過要拉上拉鍊還不成問題。他拖著背包下樓，驕傲地對著正在書房看書的雙親展示，並詢問可否使用他們浴室裡的磅秤。結果他的背包重達十四點五公斤。他將背包拖回二樓，打開行李，把東西一一放在床上，再次檢視清單，跟自己爭辯該刪除什麼。他陷入沉思，不停地喃喃自語，法官好奇地望著他。西奧放棄一件襯衫，一雙襪子和兩包食物，接著是遮雨棚，既然氣象報告說天氣晴朗，更何況要是眞的下雨，躲在帳篷裡就沒事了吧。

回到樓下，他再度走向磅秤，媽媽忽然問了一句也只有母親會說的話：「泰迪，親愛的，你眞的確定在野外露營安全嗎？」

爸爸說：「拜託，瑪伽拉，我們早就討論過這件事了。」

西奧知道媽媽不會對他的週末計畫投反對票，她只是在執行一位關心孩子的母親必經的程序，於是禮貌地回答：「當然，媽，這不算什麼，我們都是很有經驗的童軍，你也很信任少校，不是嗎？」

「我想是吧。」她說。

「他會沒事的。」爸爸說。西奧懷疑爸媽其實正在計畫兒子不在的時候要去哪裡玩，根本不會想念他。

第二次測量結果爲十三點八公斤，西奧決定就這樣了。少校不可能連這麼一點差距都不願意妥協吧。

第7章

星期五早晨，可怕的學力測驗終於接近尾聲。苦難終將告一段落，西奧對即將來臨的週末興奮不已，他快速消滅早餐穀物片，比平時提早十分鐘離開家。

八年級同學全員在大禮堂集合時，氣氛也比前幾天輕鬆許多。皮特臉上帶著微笑，是這星期以來的第一次。愛波從禮堂的另一側對西奧微笑點頭。老師們開始分發考卷，九點整，考試正式開始。西奧一反常態，猛烈地動手寫試卷，彷彿以爲只要自己加快速度，時間就會走得比較快。實則不然，不過這個星期以來，今天感覺特別順。上午的科目是歷史，西奧駕輕就熟，他一題又一題地快速作答。

十二點半，考試結束。主考官高呼：「時間到。」然後謝謝所有學生的努力與付出等等，並告訴大家可以去用餐。一點半，他們提早放學，十五分鐘後，西奧與其他童軍夥伴已經在退伍軍人協會集合，男孩們吱吱喳喳的，個個興奮不已、蓄勢待發。爸爸已經幫他送了背包和一套換洗衣物過來。少校大吼著下達指令，帶著大家走過他固定的新兵訓練流程，其實他本人也迫不及待想要出發。他一一測量大家的背包，西奧的行李重十三點六公斤又五十克，少校對伍迪和哈迪大吼大叫，他們的行李各超重將近一公斤。他們手腳俐落地打開行李，拿出幾樣東西，才勉強符合規定。整體而言，少校對男孩們收拾行李的嚴謹感到很滿意。他拿出一張清單，確認每一個隊員都帶了食物和衛生紙等必需品之後，命令大家將行李搬上車。男孩們將所有物品堆進一四四〇小隊的專屬公車，那輛車是向他們學區的行政單位買的，漆上迷彩綠色。下午兩點半，他們坐車離開斯托騰堡，由少校開車，十五名童軍大聲歡呼鬼叫，直到離開市區才漸漸平靜下來，大多數人都睡著了。

兩個小時後，他們駛入薩撒瓜國家公園，一位國家公園管理員指引少校到停車處，幫童軍們一一做好入山登記，告訴他們這條新開放的登山路徑起始點在何處，並且建議他們可以在入山後約八公里的地方紮營，這段路還滿好走的，他認為他們要在天黑前抵達絕對不成問題。「祝你們好運。」他說，男孩們使勁將背包甩到肩膀上。他們匆匆離去時，他又說：「小心棕熊。牠們會到處出沒。」

在少校的領軍下，他們一行人開始火速向前。他年約六十，保持每天運動的習慣，而且可以毫不間斷地一直做伏地挺身和仰臥起坐，比小隊裡任何一名童軍都厲害。還不到二十分鐘，他們個個汗流浹背、氣喘吁吁，卻仍然努力向前邁進。眼看影子變得愈來愈長，濃密樹林的顏色愈來愈深沉。這條路很窄，好幾處都不到六十公分寬，沿途是夾道的大小溪谷。一開始遇到的和緩山坡彷彿向前延伸數公里，終於登頂後，可以看到遠方的薩撒瓜河。「我們得加快速度。」少校說，他們休息片刻後再度啓程。這條步道蜿蜒入山林，接著走下坡，他們在太陽餘暉中抵達營地，隨即迅速卸下行李，一切準備就緒。少校以某個生火小坑爲中心，讓大家圍成一個小圈圈，他在那裡起火、開始煮水，同時不停地大聲發號施令，男孩們迅速搭好各自的帳篷。

西奧選了一包冷凍乾燥的俄式酸奶油牛肉麵當做晚餐，倒入熱水後，味道好極了。甜點是能量棒，嘗起來像橡膠，不過誰眞的在乎啊？人在深山裡，不論是家或學校都遠在天邊，在此當下他沒什麼好煩惱的。少校的背包比起其他人的略大一些，而且不需要經過秤重那一關，他從裡面變出一包棉花糖。男孩們把棉花糖串在小樹枝上烤，聽著少校講述著某某露營者被體型龐大的棕熊、邪惡的美洲獅或野豬當點心吃了的駭人故事，在此同時，他們也把整袋棉花糖吃得一乾二淨。

少校有一籮筐的故事，他總是把最精采的留到帶一票城市小鄉巴佬在深山紮營時說。每一個故事的結局都相當悲慘，至少從露營者的觀點來看，不過經過這些年，這群童軍已經心知肚明，那全是少校杜撰的故事。

然而，因爲場地的關係，這些故事爲整個夜晚定下基調。雖然有人講笑話和其他類型的故事，包括幾個不幸露營者的冒險歷程，但是隨著夜愈來愈深，每個聲響聽起來都很不祥，童軍們漸漸相信，周遭有各式各樣饑餓的野獸在對他們虎視眈眈，或甚至是逃犯。大約九點鐘，少校宣布熄燈，男孩們才回到自己的帳篷，緊緊拉上出入口的拉鍊。

西奧鑽進睡袋裡，裡面又暖又舒適。他並不害怕。跟著少校露營這麼多回，西奧知道他會保護他們。相反的，他在享受這個片刻，傾聽濃密樹林裡的各種聲音，讓想像力奔馳。多麼令人不悅的一週，卻以如此令人愉悅的方式進入尾聲，明天又有一場大冒險即將展開。

他今年十三歲，一點都不願意長大。這整個星期都與未來有關，關於如何透過測驗，讓他們依各自的程度進入高中，以及關於那謎樣的九年級生活。西奧喜歡他現在的生活，他熱愛童軍活動和露營，他喜歡他的學校、朋友和老師，他喜歡當那個騎腳踏車在城裡穿梭的男孩。要是不小心惹上麻煩，總是用這個理由：「嘿，我只是個孩子。」幾乎每次都見效。

爲什麼不能永遠停留在十三歲呢？

森林靜默不語，黑暗中的小動物與野獸都睡著了。西奧也是，漸漸進入夢鄉。

第8章

之後的兩週，學校生活回到常軌，八年級生的心情也從學力測驗的磨難中平復。事實上，那些測驗實在太令人不快，他們幾乎絕口不提，卻也不曾忘記。蒙特老師說，考試成績會在「約莫兩週後」出來。日子一天天過去，依稀可辨的鼓聲彷彿愈來愈響亮。每位同學都相信自己搞砸了，絕對會被送進學習遲緩班，此一命運的安排表示他們輸得一敗塗地，簡直羞得無地自容。有些人，比如伍迪本人，吹噓自己是故意考壞的，這樣上了高中就會被當做笨蛋，也就不會被管東管西。蒙特老師表示，事情並不像他們想的那樣，被編入補救班的學生也會得到老師關注，就像榮譽班一樣。

某天早晨的導師時間，蒙特老師終於宣布這個沉重的消息。「嘿，各位同學，我收到考試結果了。」他手上拿著一個厚厚的資料夾，每個人都盯著它看，深吸一口氣。他繼續說：「就像我之前說明的，每個人的成績都會匯入中央與東方中學校所有八年級生的成績去做評比，成績落入前百分之十的同學，明年就能進入斯托騰堡高中的榮譽班。今年的魔術數字是九十一，如果你的成績總和是九十一或更高，那麼恭喜你；如果你的成績是六十三或更低，那麼有些更有趣的課程在等著你；如果成績落在六十三和九十一之間，你會進入所謂『中等程度』的班級就讀。有任何問題嗎？」

誰也沒吭一聲。

他開始分發信封，同時說：「我現在要將裝著成績的信封發給你們，這牽涉個人隱私，帶回家和父母商量，不要在學校討論。懂嗎？」

沒錯，西奧想著。在午餐時間之前，所有人都會知道每個人的分數了。

他打開那封看起來很官方的信封，上面印著他的全名，裡面有很多數字，但最重要的是底下的成績總和：九十。他被刷下來了，以一分之差落敗。

艾克對他說過，生命中總是有人比自己更聰明、更快、更強壯……等等，所以別期待總是當第一名。只要盡力去做，其他的就看著辦。西奧不是班上最聰明的孩子，瘋狂科學家雀斯是天才，他不費吹灰之力，就能拿下全A的成績。艾倫聰明絕頂卻也非常懶散，可是每次標準化測驗都能得高分。西奧猜想，自己大概是班上第四或第五名，不過班上並沒有排名制度。無論如何，沒考上榮譽班還是很讓人失望。

伍迪忽然大叫，打破教室的寧靜：「慘了啦！卡在中間，我一定會在茫茫人海中被忽略。」

「夠了，伍迪。」蒙特老師說：「和父母商量之前，請不要談論成績。」鐘聲響起，男孩們匆匆離去，在抵達西班牙文課教室之前，大家已經知道考進榮譽班的人有雀斯、喬伊和艾倫，而西奧落榜。達倫會從「學習遲緩班」開始他的高中生活，除了他本人，沒有人感到驚訝。他看起來受到嚴重打擊，好像隨時會哭出來。

莫妮卡老師負責教西班牙文，她是西奧第二喜歡的老師。開始上課十五分鐘後，她發現全班同學心不在焉，而且心事重重，於是她闔上課本，指派一項寫作作業，讓大家在課堂上練習。

西奧的爸爸會很失望，媽媽大概還好，她原本就鄙視這種制度。艾克則可能無動於衷，然後要他更用功，讓那些管理學校的傢伙知道他有能力超越任何人。西奧爲何要在西班牙文的課堂上，擔心那些大人會如何反應？他愈想愈火大。他的生活有太多事是爲了取悅別人而存在，包括父母、老師，甚至艾克。爲什麼他不能過著自己做功課、自己好好考試的日子，讓一切順其自然，不需要煩惱那些大人的反應？

午餐時間，西奧想去找愛波，學生餐廳裡卻看不見她的蹤影。倒是遇到了皮特，看起來和達倫一樣難過，他告訴西奧，自己考砸了，就要顛簸地開始九年級的日子，或許會輟學，就像他爸那樣，沒讀完十年級就離校。西奧試著安慰他，但沒什麼效果。皮特謝謝他，說他爸爸在勒戒所表現不錯，家裡的生活也穩定下來。

西奧獨自走過操場，他不禁納悶，像皮特那樣的孩子，在家裡發生巨變的狀況下，考試怎麼可能拿到高分？如果自己的父親頻繁進出監獄，有哪個孩子能專心應試？

他在邦杜染老師的美術教室找到愛波，她臉上的表情說明一切。她孤伶伶地咬著蘋果，一看到西奧便放聲大哭。他坐到她身旁說：「好了啦，愛波，這又不是世界末日，我也沒考上啊，但我們都會沒事的。」

她咬著嘴唇，抹去臉頰上的淚水，然後說：「你沒考上榮譽班嗎，西奧？」

「沒有，幾乎達標，只差一分。」

「我也是。」她咬緊牙關，忍住哭泣的衝動。「最好的藝術課程只保留給榮譽班，我要的只是那些，西奧，我想學藝術、做藝術創作。」

「你一定會的，愛波。沒有什麼能夠阻止你成為一位了不起的藝術家。他們會提供很多課程給你和我，還有其他每個同學。斯托騰堡高中是本州最好的學校之一，對每個學生來說都是一樣的。我們不要再為這件事苦惱了。」

「你爸媽會怎麼說？」

「我不在乎。我發誓我一點都不在乎。我們又不是要被送去什麼少年感化院，我們會好好地開始高中生活。」

「我媽也不會在乎這個，至於我爸，想當然是很少在家。至少你爸媽在乎你發生什麼事。」

「拜託，愛波，我們都會沒事的。」

「我不敢相信荷莉．克修竟然考上了。她那個人很差勁，現在已經到處吹噓這件事了。」

荷莉是八年級生當中最漂亮、最受歡迎的女孩，而西奧就像大多數的男孩，也偷偷喜歡她。「你午餐只吃這個嗎？」他問，對蘋果點頭示意。

「對，你想吃一點嗎？」

「不，謝了。我很想吃墨西哥玉米餅，今天餐廳有供應，我們一起去吃，好嗎？」

「謝謝，但是我比較想待在這裡，現在只想躲起來。」

「呃，愛波，你不能一直躲著啊，日子還是得過。」

兩人沉默了一會。愛波說：「你知道，西奧，我沒有惡意，但聽到你也沒考好，我感覺好多了。我是說，我當然希望你考得很好、很順利，所以別誤會我的意思。只是你大概是我在這裡唯一的好朋友，我想這樣一來，我們明年會有很多同班上課的機會。」

「我知道，當然，我爸總是說：『朋友就要有難同當。』所以我了解。現在我們可以一起做很多事了，比如去吃墨西哥玉米餅。」

「我不餓。」

「從來沒聽你喊過餓，但還是得吃東西啊。」

「我誰都不想見，坐在這裡好好體會悲慘的滋味，這樣比較好。」

「好吧，就好好體會吧。等一下在高孚優格冰淇淋店見，吃個冰好不好？」

「我一毛錢也沒有哩，西奧。」

「好，那我們就說那是約會，我負責買單。四點整好嗎？」

「我猜可以吧。」

「一會兒見。」

布恩太太看著西奧的成績單，安靜了半晌，什麼話都沒說。西奧觀察她的臉色，在面對媽媽辦公桌的兩張大皮椅中挑了一張坐下，盡可能放低身子。他試著讓自己看起來很可憐，儘管他認為媽媽不一定會對他的成績感到不悅。終於，她開口說話：「只差一分！他們就不讓你進入最優秀的班級，我早知道自己痛恨這些測驗，現在我深深理解背後的原因了。」

「很抱歉，媽。」西奧說，雖然他心裡其實沒那麼難過。「我之後會在所有科目都拿A，證明給他們看。」

「好孩子！現在去告訴你爸吧。」

西奧和法官爭先恐後地爬上樓梯，布恩先生正在辦公桌後面。「壞消息，爸。」他一邊說，一邊拿出成績單。布恩先生啣著菸斗，皺著眉頭審視那些數字。「科學的分數怎麼這樣？」他問。

「我也不知道發生什麼事，爸。我盡力了，科學一直不是我的強項。」

「那你就該在那裡多下點功夫啊。只差一分，你要是多努力一點，進入榮譽班根本就不成問題。」

「我眞的不認爲這是世界末日，爸。那所學校針對不同程度的學生都提供優良的師資。」

「但是西奧，你應該以成爲頂尖人物爲努力目標。我很失望。」

「很抱歉，爸，我盡全力了。面對這種標準化測驗，我的表現一向不好，你也知道的。」

「那不是藉口。」

「媽媽都沒生氣，你爲什麼這麼在意呢？」

「我沒生氣，只是失望。而且我不是你媽，她認爲這些測驗只是在浪費時間，我剛好持相反意見，我覺得這很重要。我們能藉此評估學生的學習成效，也讓教職人員保持警覺。」

「我還是能以優異表現從高中畢業的，我會證明給他們看。」

「雀斯考上了嗎？」

雀斯的父母是布恩夫婦最要好的朋友。西奧幾乎脫口而出：「雀斯關你什麼事啊？」但他把話嚥下去了。他知道父母之間也有競爭關係，雖然眞的讓人無法理解。他說：「他當然考上了。」

「嗯，不錯嘛。我們晚點再討論這件事，我現在很忙。」

西奧和法官回到自己的辦公室，把門鎖上，身體陷入椅子裡，然後盯著牆壁看。他不記得上次爸爸說覺得對他失望是什麼時候的事了。這感覺糟透了，而且他愈想愈糟。

因爲是星期五，布恩家按照慣例造訪馬洛夫餐廳吃晚餐，那是一家古老的黎巴嫩餐廳，由一對喜歡對彼此吼叫的老夫婦經營。他們總是點鮮魚料理，通常吃起來很不錯，但今晚可能不太一樣，氣氛會很緊繃，因爲布恩先生會對西奧考壞了的事發表評語，布恩太太則會一個箭步向前護衛兒子。他們倆對時事或各種議題總是意見相左，但都會以文明的方式討論。西奧盯著牆看、摸著狗兒的頭時決定，他要保持壞心情，他要盡其所能破壞這頓晚餐，如此才會激勵媽媽去攻擊爸爸。

他喜歡這個計畫。他和媽媽會團結一致地對抗爸爸，瓦解他的鬥志。

下午四點，西奧離開事務所，前往高孚優格冰淇淋店去見愛波。

第9章

和平時一樣，星期六早上西奧總是睡到很晚，等他終於往一樓前進時，他媽媽已經穿著浴袍坐在廚房桌邊，正在讀著早報，等他起床。「要來點培根炒蛋嗎，泰迪？」

「好啊，謝謝。爸呢？」

「去辦事了，說是會在九點回來接你。他已經有一個月沒打高爾夫，興奮得不得了。天氣晴朗，雖然有點涼意，但他已經蓄勢待發。」

一如西奧所期待，在馬洛夫餐廳的晚餐是場災難。爸爸再度表達對西奧成績的失望之情，媽媽則強烈反彈，雖然兩人沒有在公共場所吵架，卻對彼此冷若冰霜。西奧只是擺臭臉。整個晚上的氣氛很僵，西奧早就等不及回家、衝向自己的房間。

「所以爸今天早上沒事了？」西奧問。媽媽站在電爐前打蛋。

「喔，當然啊，西奧。我們是律師，有意見不同的時候，也會爭論，但不會記仇。我們結婚也二十五年了，知道該如何相處。」

「我不喜歡爸爸對我失望。」

「西奧，你爸爸和我都以你為榮。你做什麼都全力以赴，不管是童軍活動、辯論比賽、高爾夫或學校作業都是。他不是真的失望喔。」

「呃，他可不是那麼說的。」

「他的說法或許不是那樣，但那只是他的表達方式不夠好。我想他的確覺得有點可惜，他會在打高爾夫的時候跟你談。」

「那我可能沒什麼興致了。」

「要有運動精神。你要幾顆蛋？」

「我要兩顆，法官也要兩顆。」

「或許你會想看報紙，今天的頭條。」

「發生什麼事了？」

「全都在講測驗的結果。市立學校這次的表現很好。」

「太好了，正是我需要的。」西奧不情願地拾起《斯托騰堡日報》。頭版報導是在講斯托騰堡的三、四、五年級生在學力測驗的表現有多亮眼，一片歡欣鼓舞。特別值得一書的是，東方中學異軍突起，那原本是市內三所中學當中表現最差的，三所學校的學生之後都會進入斯托騰堡高中。斯托騰堡中學和中央中學的八年級生以往的成績總是比較高，東方中學則被拋在後面。傳言說，東方中學要是繼續原地踏步，可能就要接受上級單位的督導。東方中學位於斯托騰堡市區的邊陲，西奧僅認識幾個那所學校的學生。

頭版正中央刊登著一張卡曼．司徒博士的照片，她是斯托騰堡市的教育廳長，這篇報導引用了她的話，大力讚揚學力測驗及「我們的」學生表現。西奧沒有親眼見過這位博士，但她常出現在報紙上。在西奧的印象中，她是位重要人物，雖然她的作爲經常引起爭議。她似乎太過沾沾自喜了，至少西奧這麼認爲。

她的照片下方是一張八年級全員的成績比較圖表。斯托騰堡中學和中央中學平分秋色，東方中學緊追在後。並排的是一張相似的表格，那是去年的成績比較圖，當時東方中學遠遠落後。司徒博士恭喜東方中學努力的成果，並盛讚他們有「令人驚喜的」進步。

「對東方中學來說是好消息吧，我猜。」西奧說。

培根下了煎鍋，頓時廚房充滿美味香氣。法官站在布恩太太腳邊，照例乞求分食一塊。

「喔，或許是吧。」她說，照例保持懷疑態度。「我猜那表示老師終於搞清楚該如何幫助學生準備應試，但我懷疑學生本身有任何改變。他們只是學會怎麼回答試卷上的問題。」

「媽，我對這個話題感到有點厭煩了。」

「我也是。」烤土司從烤麵包機裡跳出來。她在兩片土司上抹奶油，放在西奧的盤子上。她還準備了西奧最愛的水蜜桃果醬，幫他倒了一杯葡萄柚汁，同時爲西奧和法官服務。

「謝謝媽。」

「不用客氣，泰迪。現在好好享用早餐吧，我要去好好泡個熱水澡了。」

她會在浴缸裡待一個小時，西奧永遠無法理解這件事。他從出生第一天開始就痛恨泡澡。他也不怎麼喜歡淋浴，只不過沒有太多選擇。那感覺很……該怎麼說？不乾淨？坐在滿載著熱水的浴缸裡，剛開始還可以，但隨著洗澡這個酷刑繼續發展，水會變得愈來愈髒；淋浴的話，至少髒水會被沖走。

這些想法只是默默放在他的心底。他之所以熱愛露營的原因之一，也和洗澡有關，他可以連續好幾天不洗澡，也沒人會說什麼。

他聽到爸爸的休旅車開進車庫的聲音。法官則像是受到暗示似的，懶洋洋地吠了一聲，彷彿牠一直保持警戒，隨時準備攻擊壞人，然後迅速回頭關照牠的培根炒蛋。

布恩先生走進廚房，笑容滿面且精神奕奕地說：「哎呀，西奧早安！」

「早安，爸。」

「準備好去打高爾夫了嗎？」

前提是我們不談論學力測驗。「當然。」

他走過西奧身邊時，還把兒子的頭髮弄亂，然後說：「天氣眞好，趕快出發吧。」

西奧微笑。他爸爸沒事，一切都很好。

第10章

星期日傍晚，西奧在自己的房間待著，他盯著回家作業，覺得無聊透頂，想找點別的事來做。他的手機嗶了一聲，傳來愛波的簡訊：西奧，我們得談談，就是現在，很緊急。在高孚見。

這樣的訊息表示有麻煩了。她的家庭生活並不穩定，而且經常有怪事發生。西奧回訊：好，發生什麼事了？

碰面再說。快來！

西奧匆匆下樓，告訴媽媽說他要和愛波去吃優格冰淇淋。她的反應完全在意料之中：「好，但你們不會吃太多冰了嗎？」

正在看週日版《斯托騰堡日報》的爸爸加入談話：「那只是優格，感覺不是很健康嗎？」

「那裡面都是糖分，伍茲，而且我覺得西奧攝取太多糖了。」

「我只點一球，可以嗎？」西奧說，即便他從來不只吃一球，現在也沒打算減量。

「早點回家吃晚餐。」媽媽說。星期日晚餐是西奧最不感興趣的一餐，因為由他母親掌廚。她對烹飪興趣缺缺，而且很明顯經驗不足。

「當然囉，媽，一小時後回來。」離開家時，他在心裡自圓其說：媽媽並未明確告訴他只能吃一球冰，雖然他本人意興闌珊地提出這個建議，但她沒有回應。因爲如此，西奧可以盡情吃冰，至少他是這麼認爲。在布恩家這樣的環境下長大的孩子，雙親都是律師，隨時都得做好被質詢的準備。

愛波坐在靠後面的座位等著，與所有人保持距離。她還沒點東西，看起來很緊張。「你想吃什麼？」西奧問。

「什麼都不想。」

「好啊，如果你什麼都不吃，那我也不要吃，然後如果我們倆什麼都沒點，店員就會請我們離開了。」

「好吧，一球檸檬椰子。」

「聽起來好糟。」

「拜託。」

西奧幫愛波點了一球，再加上他自己的標準口味——兩球灑滿奧利奧碎片的巧克力。要是他媽媽看到就好玩了。他結完帳，拿著冰淇淋回到座位，愛波禮貌地說了聲謝謝。

「到底怎麼了？」他問。

愛波完全沒正眼看她的優格冰淇淋就開始說：「我不知道該從哪裡說起，西奧。」她停下來，思索了一會，看起來一點也不悲傷或害怕，和西奧想的不一樣。相反的，她似乎很興奮。「昨晚我爸媽說要去高級餐廳用餐，慶祝結婚週年紀念，那兩人之前從來不曾一起外出，我聽了很高興。一直到他們說，珍奈兒要過來照顧我，因爲我已經十三歲了，一直以來他們都把我丟在家裡不聞不問，我不懂爲什麼突然覺得我需要有人照顧。不過我不想破壞氣氛，再加上珍奈兒可說是老朋友了，她十八歲，我小時候來照顧過幾次，就住在我們那條街的另一頭，人很不錯。所以珍奈兒就來了，我們點了一個披薩，看了幾部老電影。她眞是個話匣子，老實說，我們聊得滿開心的，有點像身邊有了姊姊；我的親姊姊離家好多年了，我這才明白自己有多想她。總而言之，珍奈兒問起學校的測驗，我告訴她我沒有考上榮譽班。她說她當年也是，沒什麼大不了的。但勁爆的來了，西奧，你得發誓不會告訴任何人。」

西奧滿嘴都是冰淇淋，只是點點頭。吞下去之後，才說：「我發誓。」

「我是說，西奧，這很嚴重，事情可能會變得很難堪。」

「好。」

「也可能會對我們造成影響。」

「好。」

「我是說，當她告訴我這件事的時候，我簡直無法相信。」

「你要吃一口冰嗎？」

「等等再吃，總之，你得發誓……」

「我已經發過誓了，繼續說吧。」

「好。」她多疑地環視四周。高乎優格冰淇淋店現在空蕩蕩的，只剩下他們兩人。店員在用手機玩遊戲。愛波將身子靠得更近說：「故事是這樣的，珍奈兒有個姊姊，他們叫她賓琪，她在東方中學教八年級的數學。她在那所學校已經很多年了，據她說那裡的問題不少。然後呢，賓琪告訴珍奈兒今年的測驗舉行過後，有一群老師聚在一起篡改考試結果。在考試結束後的那個星期六，也就是你和其他童軍去登山的那天，他們聚集在某個教室裡，鎖上門，花了好幾個小時把錯誤的答案擦掉，然後塡上正確的答案。」

西奧正要送進嘴裡的那一大匙優格冰淇淋頓時停在空中，他將冰淇淋放回碟子裡，眼睛直直地盯著愛波。

「她是這麼說的。」愛波說：「那個星期六，賓琪去學校一趟，想到辦公室拿她的太陽眼鏡。她在停車場看到那些老師的車子，所以知道他們當天在學校。後來一位和她很熟的老師偷偷告訴她這個祕密，她感到很震驚。這位老師對他們的作爲感覺糟透了，又深怕事情敗露。之所以這麼做，是因爲他們學校處於接受督導的邊緣，教師們也可能面臨督導或更糟的命運。所以他們作弊，西奧，那些老師覺得自己是爲了學生們在拯救學校之類的。」

「太勁爆了。」西奧好不容易才擠出這幾個字。

「你相信這種事嗎？」

「不，我不信，這太瘋狂了。」

愛波慢條斯理地吃了一口冰淇淋，西奧因爲太震驚而吃不下。他說：「你知道這代表什麼，是吧？」

「我想是。」

「嗯，我想那表示你、我、或許還有其他同樣只差一點就能進入榮譽班的人受到不公平的對待，因爲這些老師決定作弊。」

「我就是這麼想。」

「還有別人知道這件事嗎？」

「我不確定，這一定是天大的祕密吧。」

「有多少位老師涉入這件事？」

「五或六位。」

「太瘋狂了。任何犯罪都不應該牽扯這麼多人，其中一定有人會走漏風聲。」

「犯罪？這是違法行爲嗎？」

西奧沒有回應，將一口冰淇淋送入嘴裡。他想了一會，然後說：「不知道，我知道要是被發現，那些老師會被炒魷魚，但不確定是否違法。回辦公室之後，我得研究看看。」

「你講話口吻和律師一樣。」

「我就是喜歡這樣，女孩聽了會對我印象深刻。」

「好，那麼這位聰明的律師，可以說說看我們該怎麼做嗎？」

「誰說我們要採取行動了？我們要是對誰揭露此事，只會讓自己看起來像是眼紅的輸家。在我看來，這顯然是愛管閒事的小孩應該避開的麻煩事。」

「胡說八道。西奧你聽好，我很了解你，知道你內心深處渴望進入榮譽班，只是不願承認罷了。至少我很誠實，我迫切地想要達成目標，無法成爲前百分之十是很大的挫敗。我們兩個都只差一分，現在我們發現，有些人進入榮譽班只是因爲老師暗中幫了他們一把。我們不能坐視不管。」

「你想怎麼做？」

「這就是你派上用場的時候了，律師先生。如果你和你父母說呢？」

「爲什麼不是你和你父母說？」

「你是認眞的嗎，西奧？我父母有多瘋狂，你是知道的。他們才不在乎我上什麼班或者得到幾分。」

「那一定很好。」

「呃，那並不好，相信我。我認爲你應該告訴你爸媽。」

「他們會叫我不要多管閒事。」

「不，他們不會那麼做，西奧。你父母是律師，他們都是明辨是非的人，看到壞人得勝就會火冒三丈。尤其是你媽媽，她從未自任何一場戰役中逃走。」

「我不確定，我還是覺得那會聽起來像是我們輸不起，而且我們也還不知道這件事情是否屬實。」

「沒錯，我們不確定它的眞實性。那你可以解釋，爲什麼賓琪會編出這麼離譜的故事來講給她妹妹聽嗎？」

「我無法解釋。」

「沒錯，你沒辦法，那是因爲這整件事是眞的。看看我們已知的事實：東方中學八年級生今年的成績忽然飆高，事實上，珍奈兒說學力測驗開始實施以來，沒有一所學校一下子進步這麼多。聽起來很可疑，不是嗎？」

「的確是這樣，我同意。」

「謝謝你。所以你要去跟你媽說了嗎？」

「愛波，聽我說，這是一件大事，我需要時間消化。我們先將這件事擱著，明天再來談談，這樣好嗎？」

「好。」

西奧把優格冰淇淋吃完，愛波不喜歡她選的新口味，於是西奧順勢幫忙解決掉。他從未聽過檸檬椰子口味，不過嘗起來還不錯。優格冰淇淋盤底朝天之後，他們騎車離開高孚。西奧騎車回家的路上，還在努力說服自己賓琪的故事是眞的。教八年級生的老師集體篡改試卷答案？

晚餐後，他繼續在回家作業上寫寫畫畫，同時上網搜尋「學力測驗」，沒多久就看到它醜惡的現實面。過去十年來，全國至少有四個學區出現老師舞弊的行爲，就和賓琪告訴珍奈兒的故事一模一樣。

難以置信。

第11章

星期一在校園裡，西奧極力避開愛波。他不想討論作弊醜聞，如果眞有這回事，也不想扯上關係。說穿了他又能做什麼呢？他只是個學生，一個十三歲孩子。那應該是大人要煩惱的問題，如果東方中學的老師做錯事，他們終究會被逮到，然後接受懲罰。

他才不要插手管這檔事呢。

愛波則不然，她有別的計畫。星期二的午餐時間，她在學生餐廳找到西奧，堅持要再去高孚優格冰淇淋店碰面。西奧並不想，可是也拒絕不了。牛仔褲最近變得有點緊，他確信這絕不只是因爲正在發育，所以這次只點了一球冰淇淋。他們坐在隱密的老位置，愛波點了炫風黑莓，吃了兩口之後，她疑心地環視四周，然後說：「我有東西要給你看。」

「好。」

「我星期日晚上失眠了，決定乾脆爬起來寫這個。」她伸手到背包裡，拿出一個沒有任何標記的白色信封。

「這是什麼？」西奧邊問邊打開。

「讀了就知道。」她說，語話中帶著驕傲。

西奧取出一封信，印在一張白色的影印紙上。上面寫著：

致　斯托騰堡市立中學督學　卡曼・司徒博士

親愛的司徒博士：

我是一個憂心忡忡的市民。最近東方中學的學力測驗成績飆升得讓人十分驚豔，尤其是八年級的部分，您自己也曾在受訪時如此表示。但您應該了解事情的真相。測驗結束後的那個星期六，幾位任教於東方中學八年級的老師在學校碰面，他們拿了試卷，在上鎖的房間裡開始塗抹錯誤的答案，改填上正確的答案。我並不知道所有涉案老師的名字，只知道他們約莫五、六位，其中一位是倫敦先生，另一位是諾瓦克女士。

如果您對這些試卷進行檢查，我確信您會找到大量的塗擦痕跡，超出慣常狀況。

這應該立刻受到調查，倘若不進行此事，我計畫寄出這封信件副本給《斯托騰堡日報》。

匿名者敬上

西奧讀了兩次，冷靜地將信紙摺好，然後說：「寫得很好。那你現在打算怎麼做？」

「已經做了。我昨天把信寄出，還寄了一份給羅柏特・麥克耐爾先生，他是教育委員會律師。我在網路上找到這個人。」

「你在開玩笑，對吧？」

「我百分之百認真。」

「指紋怎麼辦？」

「我戴了手套，看電視都這麼演。」

「郵票是用舔的嗎？」

「不是，我也想到這個了。」

「你是從哪裡投遞出去的？」

「主要大街的郵局。」

「那附近的監視器可能超過一打。」

「而且一天可能會拍到超過一千人。」

「他們可以追蹤你印表機的墨水。」

「這個很難說吧，反正我不擔心。他們何必懷疑我呢？這座城市有七萬五千人呢。」

西奧深呼吸，將頭別開。她仍然微笑著，彷彿在說：「看我有多聰明啊！」

他說：「愛波，你不能在缺乏證據的情況下指控別人做錯事。我多麼希望你採取行動之前先和我討論過。」

「我本來要跟你說的，但你昨天故意迴避我。」

「那你也可以等到今天再說啊。」

「我不想等。必須有人採取行動，而你顯然不想涉入其中，不是嗎？」

「沒錯，我的確不想有所牽連，你也應該放手不管才對。」

愛波的笑容消失了，她皺起眉頭。「聽著，西奧，那封信可能會促使他們開始調查學校、挖掘眞相，然後找到線索，讓作弊事件曝光。」

「那又怎樣？他們將之前的測驗結果作廢，讓大家全部再考一次？」

「我不知道，我無法回答這個問題。我想他們發現眞相之後就會有所作爲。」

西奧吃了幾口冰淇淋，試著釐清思緒。他說：「沒有其他人知道這件事，對嗎？」

「只有你知道。我不敢告訴其他人。你爲什麼這麼擔心呢，西奧？司徒博士和那位律師也許會無視那封信，不過如果他們當眞了呢？這件事需要好好調查，至少這點你應該同意吧。他們開啓調查之後，萬一什麼都沒查到，事情就結束了；但如果眞的有作弊情事，而且被查到了，這封信就立大功了，不是嗎？」

「或許是吧。我只是不喜歡在缺乏證據的情況下指控別人。」

「你還眞像個律師，西奧。」

「好，我是律師，而你是客戶。我給你的忠告就是隱藏這件事，而且從此絕口不提。絕不，懂嗎？」

「懂了。別再擔心了。」

西奧將那封信從桌上滑過去還給愛波。她說：「不，這份是給你的。」

「我不想要。」

第12章

兩天後，西奧三步併兩步下樓，法官跟在他腳邊，然後發現他媽媽在廚房。她身上展示著一套迷人的栗色套裝，腳上踩著同色系的高跟鞋，西奧一看就知道她準備出庭。她總是把最好的行頭留到出庭日穿，時常抱怨大家都期待女律師穿得光鮮亮麗出庭，而男人一副邋遢樣也沒關係。西奧倒不這麼認爲，他常常進出法庭，就他看來，每一位律師都很注重門面，尤其是在法官和陪審團面前。

「我九點得出庭，西奧。」她說：「今天一整天都會在法院，晚餐可能要晚點吃了。」

「沒問題，媽。今天是什麼案子？」

「離婚官司。也許你會對今天的早報感興趣喔。」西奧正在將穀物片倒進兩個大碗中，份量相同。法官對食物展開攻擊前，常會審視碗裡的東西，以確保牠與西奧的待遇相同。

她在西奧臉上親了一下，接著說：「我走了。你身上有午餐錢嗎？」

「是的，夫人。」

「功課都做好了？」

「全部做好了，媽。」

「祝你今天過得很愉快，泰迪，要記得保持微笑喔。」

「沒問題。」

「別忘了鎖門。」

「當然囉，媽。」

她關上門之後，西奧坐下來準備吃早餐。他伸手去拿報紙，看到頭版新聞，標題寫著：「學力測驗疑雲升起」。他忘了穀物片這回事，即刻往下讀。記者報導，根據某位不具名人士透露，市立中學的頂頭上司正在著手調查東方中學八年級生的測驗結果，據傳學生成績遭到篡改。這位記者接著重複大家已經知道的事實，也就是今年的八年級生成績大幅提升，以至於引發一些疑慮。更令人起疑的是，校方的管理人員不願意表示意見。又是一張卡曼·司徒博士的照片，然後記者表示，這位督學拒絕接受訪問，而教育委員會律師羅柏特·麥克耐爾先生至今尚未回電。記者試圖與多人聯繫，但是沒有人願意討論這件事。不具名人士透露，司徒博士與麥克耐爾先生收到匿名線報，這封信質疑測驗結果的眞實性，質疑學生成績遭到「塗改」。

此篇報導鏗鏘有力，感覺這名記者勢必會繼續追蹤，不會輕言放棄。

「哇啊。」西奧喃喃自語，頓時沒了胃口。他又讀了一次這篇報導，勉強吞下幾口早餐，隨即快速洗好兩個碗，忘了刷牙，然後匆匆與法官道別。狗兒很不開心，因爲被獨自留在家裡，牠通常是跟著布恩太太去上班，偶爾在不得已的情況下，得孤單地打發一天。牠因而情緒低落，西奧跟牠說話，保證放學後會來接牠。

第二節下課，西奧溜進圖書館，打開他的筆電，瀏覽地方新聞。有一則訊息更新。今天早上九點，司徒博士發出聲明，表示已成立「獨立調查小組」，著手進行東方中學作弊「疑雲」的調查。

調查本身進行得如火如荼，比新聞報導更快。司徒博士與她的團隊早在收到測驗結果後沒多久，就對這項成績產生懷疑。東方中學的大躍進簡直像是美夢成真。然而，他們仍舊接受這個結果，甚至爲之美言，眞心希望背後並未牽扯任何不當操作。或許成績是正確無誤的，平靜的生活會持續下去。

但是那封匿名信打破了他們的美夢。匿名者在信中大膽地指名道姓，點名了倫敦先生和諾瓦克女士，迫使司徒博士不得不提出疑問。麥克耐爾律師建議她立刻聘請獨立於學校體系的專員調查此事，徹底了解前因後果。接著又有一位他們永遠不會知道是誰的某人將消息洩露給媒體，於是這樁醜聞隨時可能爆發。

調查員花了很多時間檢查試卷。得到簡單明確的結論：是的，與正常情況相比，東方中學八年級生的試卷上出現的擦拭痕跡的確過多。舉例來說，在一場典型的兩小時歷史測驗中，如果有五十個問題，考生平均會更改五次答案，他們會從ABCDE選項中擦掉原本的記號，再用鉛筆圈選一次正確答案。然而東方中學部分八年級生的試卷上，出現高達十五次擦拭痕跡。星期四傍晚，調查小組與司徒博士等人開會，上呈這個壞消息。司徒博士請他們繼續按部就班調查，不料記者開始來電詢問，事情便亂了套。

星期五，西奧躲在圖書館瀏覽網路新聞時，東方中學校長請艾蜜莉．諾瓦克老師到他的辦公室，兩位調查人員在那裡等著。他們很有禮貌且語調愉悅地表示，只是想問一些例行性問題，但這位老師立刻嚇得不知所措。

第一位調查員問：「學力測驗結束後的那個星期六，你可曾回到學校？」

「呃，我記不太清楚了。」

「那也不過是三週前的事。你常常在星期六來學校嗎？」

「偶爾會。」她很快地瞥了校長一眼，神情驚恐，對方正惡狠狠地瞪著她，彷彿逮到她竊取學生的午餐款項似的。

「那麼請你努力回想，那個星期六是否曾經回到學校。」

「似乎是有，對啦，就是測驗結束後的那一天。」

「回學校的原因是什麼？」

「我回來拿要批改的作業。」

「原來如此，但那個星期學生並沒有回家作業，不是嗎？學力測驗那週不指派任何作業，我說的對嗎？」

他望向校長，校長說：「的確如此。」

諾瓦克老師的雙肩垂下，看起來很困惑。她說：「是我之前忘了批改的作業，你們到底想問什麼？」

「那個星期六還有別的老師在學校嗎？」

「我不記得遇見任何人。」她緊張地說。

「倫敦老師也來了嗎？」

她望向別處，試著表現出不記得的樣子。

「那個星期六，你可否在學校與倫敦老師以及其他幾位老師碰面？」

她不記得了。他們談的時間愈長，她忘記的事情愈多。調查員未曾提及篡改分數的可能性，那個主題可以再等等。半小時後，校長請諾瓦克老師稍待片刻，而兩位調查員走進隔壁辦公室，倫敦老師正在那裡緊張地等待。同樣的提問，得到同樣的答覆。這位老師，也一樣記性不好、說話含糊又結巴。

對調查員而言，這些可能涉及篡改答案的老師之間顯然有著緊密連結，沒有人願意坦承。但學校畢竟是個謠言傳千里的地方，還沒到午餐時間，每條走道上都有幾個老師在竊竊私語，各種謠言在東方中學迴盪。

同時間，西奧在學生餐廳找到愛波，坐在她身旁。他們無法好好談話，因爲附近有其他學生，於是他們決定去操場走走。愛波也上網看了新聞，知道他們在進行調查。「我猜這會是你想要的。」西奧說。

「看起來是。」

「你好像很擔心。」

「我這麼做是正確的嗎，西奧？請跟我說我做得對。」

「我不知道。如果調查結果顯示眞有此事，壞人遭受懲罰，那就可以說你做得對。如果沒有這種事，也就不會有什麼壞事發生，你的信自然不會對任何人造成傷害。」

「那你在煩惱什麼？」

「我不知道。我只是對你這麼做的理由感到不安，從某個角度來看，這麼做是自私的。你覺得有人作弊，因爲你沒考上榮譽班，可以說是爲了報復而攪亂一池春水。」

「我才不自私呢，西奧。你這麼說很傷人。」

「我很抱歉，但既然你都問了。」

「而且那才不是報復。這話由你說出口感覺特別奇怪，你不是號稱相信正義嗎？假設那些老師眞的做了那種事，那是他們錯了，而因為他們做錯事，有些學生，是的，包括我和你以及其他人受到不公平的對待，你不覺得他們應該被公開處分嗎？」

「是，我沒說你錯了，愛波。我只是不太清楚自己現在的想法。」

「西奧，我需要你站在我這邊。」

「我一直都在啊。更何況，沒有人會知道你做了什麼，對吧？」

「對。」

第13章

眞是令人喜出望外，愛波週六早上接到珍奈兒來電，問她是否想一起去看電影。她們可以看早場，然後去吃披薩。愛波的父親湯姆．芬摩那天正好在家，這相當難得，而且正好心情不錯，這就更加難得。他說沒問題，還給了愛波零用錢。兩個女孩徒步經過幾個街區，往電影院前進，看了一部艾米．波勒主演的浪漫愛情片，然後走到斯托騰學院附近的桑多斯披薩店，那家店生意很好，號稱供應「世界級西西里披薩」。

愛波覺得自己是全斯托騰堡最幸運的人。她跟著十八歲的高中生大姊姊出去玩，還是一個即將離家去遠方念大學的超酷女生。

享用披薩的時候，珍奈兒聊起她姊姊賓琪及東方中學即將來臨的風暴。賓琪擔心她的好友兼同事，一位名叫潔內瓦．赫爾的老師，也是有作弊嫌疑的五名教師之一。據說潔內瓦對自己涉案後悔萬分，想到可能被抓又擔心得要命。調查人員和記者大軍已經在學校橫行，搞得每個人神經緊繃，即使是賓琪與其他清白的老師也都很焦慮。倘若爆出醜聞，那就像是對學校全體人員狠狠揍上一拳，東方中學光是現有問題就已經夠受的了。這件事對學校可能是致命一擊，而且甚至可能導致廢校。

愛波忽然覺得很不舒服，腸胃都在翻攪。這場混亂有幾成應該歸罪於她？她不知道，但就是覺得很自責。

珍奈兒知道愛波和西奧是好朋友，西奧的媽媽又是很有威望的律師。賓琪想詢問布恩太太是否願意和潔內瓦．赫爾碰個面。

事情的發展愈來愈詭異了，愛波在心裡想。她小口咬著一片披薩，一點食欲也沒有。整件事多麼令人困惑啊：身爲八年級生的西奧，和愛波一樣，以一分之差錯過進入榮譽班的機會，而現在他母親有可能成爲作弊教師的律師，對方可說是害了西奧的人之一。愛波解釋，她不清楚布恩太太對這樣的案子是否感興趣，潔內瓦．赫爾可能得自己打電話詢問。

這個當下，愛波覺得自己涉入過深，遠比她所願意的還多。她多麼希望自己從沒聽過賓琪或潔內瓦．赫爾，也不想知道倫敦先生和諾瓦克女士。茫茫人海中，爲什麼偏偏是她取得作弊教師五人當中的三人姓名？她多麼希望自己從來沒有寄出那封匿名信，她應該聽西奧的勸告才是。

週日版的《斯托騰堡日報》照舊是厚厚的五公分一疊，其中一大半是分類廣告，布恩先生最討厭這樣了，每個星期日都要這樣浪費大好的紙資源，他抱怨個不停。布恩太太照常扮演敲邊鼓的角色：「眞不敢相信竟然有這麼多廣告。」她一邊說，一邊對西奧眨眨眼，然後他們一起聽布恩先生抱怨。大人玩的遊戲。

西奧很少看早報，不過他最近的心思完全被報紙擄獲。想當然耳，頭版頭條是「東方中學測驗結果調查持續進行」，是同一位記者的後續報導，他顯然充滿使命感。報導指出，教育委員會雇用的私家調查員緊鑼密鼓地工作，以便早日完成任務。調查員約談了好幾名教八年級的老師，全部是二十二人，並宣稱有「顯著的進展」。然而有幾名老師拒絕合作。司徒博士說話鏗鏘有力，表示要以徹底調查爲目標，要是發現任何舞弊行爲，她保證會迅速且公開處理。不會有任何祕密。

西奧看了之後，抬頭問爸爸：「爸，這些老師會惹上大麻煩嗎？」

他的父母都不負責刑事案件。布恩先生是房地產和商務律師，幾乎不需要出庭；布恩太太是家事法律師，處理大量的離婚案件。偶爾一、兩個案件需要與警方接觸，比如一團亂的賀蘭家、對皮特父親的提告等，但她多半傾向迴避刑事法。

不過由於雙方都是律師，遇到法律方面的爭議就無可避免地要發表意見。布恩太太先開第一槍：「這些是學校的事，應該由教育委員會懲戒。」

再則由於他們在法律方面的意見鮮少一致，布恩先生說：「這很難說喔，如果眞有作弊事情，而且這些老師是集體行動，我看有可能被控合謀。我並不是說那樣是對的，但檢方最愛合謀這種情節，而且通常會過度反應。」

「太荒謬了，伍茲。」布恩太太說：「這些人又不是罪犯，他們或許做錯了，但是並沒有犯法啊。」

「我沒說他們是罪犯，但這會是個灰色地帶。很多人就是在這種情況下受盡折磨。」

布恩太太搖搖頭，什麼也沒說。布恩先生說得沒錯。

西奧問：「到底什麼是『合謀』？」

布恩先生想了一下說：「『合謀』就是有兩個或更多的人一起做不合法或違法的事。當今的檢察官們習慣用這個名詞去涵括所有惡行。我有個朋友是刑事律師，他說『合謀』常用於非明顯犯罪行為。瑪伽拉，你同意嗎？」

「或許吧。」她說。

西奧想著愛波和她沒署名的那封信。如果這間接導致那些老師們被捕、遭到起訴，愛波永遠不會原諒自己的。西奧知道她會去瀏覽網路新聞和看報，現在可能擔心得要命。

西奧說：「我好像生病了，覺得胃很不舒服。」

布恩先生說：「眞令人驚訝啊，星期日早上，我們正要去教會的時候，而你卻生病了。這種狀況似乎經常發生。」

布恩太太說：「我覺得你氣色不錯啊。」

「我們眞的要去貝里斯家吃早午餐嗎？」

媽媽回答：「那是當然啊，西奧，今天是每個月第二個星期日，也就是我們做完禮拜後和朋友固定的聚餐日。」

「那是你們的朋友，不是我的。我是那個場合裡唯一的小孩，會無聊得快瘋掉。我討厭那些早午餐，無趣透頂，還有那些大人聊的事。一堆怪老頭衝著我笑，問我學校的事，說些自以爲有趣的話，好像我是什麼可愛的小狗，等著別人和我玩，簡直糟透了。」

他的父母面面相覷，臉上寫著他們清楚聽到兒子所說的，那是討論布恩家傳統活動時少見的表情。他們的生活中有些重要的小儀式，至少對西奧的父母而言很重要，因此他們不想打亂這樣的生活節奏。

布恩太太終於開口：「那你中午想吃什麼？」

吃點什麼，隨便什麼都好。「我回家吃三明治就好。拜託，媽，我眞的不想去。」

布恩先生有點誇張地說：「噢，那貝里斯一家人會很失望。」

誰在乎貝里斯一家啊？西奧說：「喔，他們會適應的。你們會和其他大人相處愉快，沒人會惦記我。拜託啦。」

媽媽問：「嗯，你覺得如何，伍茲？」

「我自己也想跳過一次。」他脫口而出，隨即大笑。不過布恩太太並不能體會這種幽默，她看著西奧說：「好吧，就這麼一次。」

西奧不敢相信自己這麼幸運。「謝謝媽！」

「現在快上樓準備，要去教會了。」

第14章

星期一早上，西奧比平時早了幾分鐘到校。他在腳踏車停車架旁遇到皮特．賀蘭，西奧將車子上鎖鏈時，皮特臉上泛著微笑說：「西奧，我爸昨天晚上回來了，提早了一週，他的狀態非常好，而且再次向我們保證他已經戒酒。昨晚氣氛超棒的，他帶我們去吃披薩和潛艇堡，以前從來沒有這樣過，我也從未看過我爸媽笑得這麼開心。」

「那眞是太好了，皮特。」他們漫步進入校園。

「因爲失業，剛開始這段時間可能會有點辛苦，不過他覺得可以很快找到新工作，今天一早就出門去了。他甚至還戒了菸，說以後我們家不會有香菸或酒精。這實在太難以置信了，西奧。」

「我眞的很替你高興，皮特。」

「我只是想說聲謝謝。謝謝你這個朋友，還要特別謝謝你媽媽，她眞的好厲害，西奧。」

「很高興幫上忙，皮特。你說得對，我媽眞的很強。」

「還有你爸。」

「我滿幸運的，皮特。」

他們握握手，然後走向各自的教室。

在斯托騰堡中學裡，這個星期的開始和往常沒什麼不同，然而在六公里外的東方中學正開始一場驚濤駭浪。第一堂課剛開始，校長走進倫敦老師的教室，請他移步校長辦公室。三名調查員在那裡等著，個個神情嚴肅。小型會議桌上擺著一個看起來很可疑的黑色箱子，上面有儀表版並爬滿或粗或細的電線，感覺很危險。倫敦先生坐下，盯著它瞧。

校長說：「我們想請你接受測謊。」

倫敦先生一臉困惑，他問：「這是測謊器？」

「您說對了。」一名調查員說。

「這麼做是爲什麼？」

「我想你很清楚。」校長回答。

一名調查員說：「我們將請教您與潔內瓦・赫爾、艾蜜莉・諾瓦克、湯姆・威靈翰、潘恩・諾曼這幾位老師之間的關係，學力測驗結束的隔天到底發生了什麼事。」

倫敦老師垂著頭。他們知道了，五個名字都齊了，他的工作沒了，教學生涯也結束了。

他以雙手蒙住自己的眼睛，試圖恢復鎭定。一段痛苦的沉默之後，他問：「如果我拒絕接受測謊呢？」

校長厲聲說：「那你會被停職，立刻逐出校園。」

「那如果我接受測驗，結果卻搞砸了呢？」

「這個測驗的機會恐怕只有一次，不能修正。」

他的雙眼泛著淚光，他揉揉眼睛，嘴唇顫抖地說：「我不會說的。」

校長說：「那麼你現在就停職，請回家等候進一步通知。我會陪你走回教室收拾東西，然後去停車場。我很抱歉，保羅。」

「我也是。」

他們一同離開，走在空蕩蕩的穿堂時，倫敦老師問：「我要怎麼對學生說？」

校長回答：「目前只要告訴他們你身體不適。」

「那也是眞的。」

他們走進倫敦老師的教室，一名助教正在和班上同學聊天。倫敦老師不發一語，拿起他的夾克和背包。離開教室時，他不願與學生有眼神接觸。校長默默地陪他走出學校大樓，目送他開車離去，接著直接走進艾蜜莉·諾瓦克的教室，他表示很抱歉打斷教學，並請這位老師和他一起去辦公室。她一走進會議室，看見桌上奇怪的儀器，立刻感受到烏雲罩頂。「那是什麼？」她問。

其中一名調查員、正好也是上星期和她談過的那位表示：「我們要請您接受測謊。」

「關於什麼主題？」

校長回答：「學力標準化測驗。我們已經請保羅．倫敦接受測謊，不過他拒絕了，因此目前停職中。他才剛剛離去，你是第二個，接下來是潔內瓦．赫爾、湯姆．威靈翰以及潘恩．諾曼。」

「整幫人，是吧？」她毫無表情地說，彷彿早有預感。

「是的，艾蜜莉，就是這幫人。我們知道發生了什麼事。」

「嗯，如果你知道發生了什麼事，那麼就不需要我來說了。我拒絕接受測謊，從來不相信那玩意兒。」

「那你現在被停職了。我會護送你回教室收拾私人物品，然後去停車場。」

保羅．倫敦開車離開學校時，曾想過打電話或傳簡訊給今天不在學校的潔內瓦．赫爾，她今天很湊巧地請病假，彷彿知道會有什麼壞事發生。保羅．倫敦隨即想起，或許有一天他們會調查他的通話紀錄，雖然不確定誰會那麼做，在那個節骨眼用手機聯繫似乎不是個好主意，於是他開車前往赫爾老師的公寓，直接去敲門。赫爾老師是位年輕女士，今年才二十九歲，單身獨居。她親自應門，請倫敦老師到屋內，然後煮了一壺咖啡。兩位老師花了一個小時複習他們的種種疏失，努力思考下一步該怎麼走。倫敦老師教書時間長達二十年，很受學生敬愛。赫爾老師在東方中學教書不過五年的時間，她還不確定是否會把教書當成終生志業。在這個可怕的瞬間，看起來希望不大。

他們倆此時情緒激動，宛如驚弓之鳥。他們確信自己會被解雇，因而感到驚慌失措。

雖然對結果影響不大，倫敦先生是整件作弊醜聞背後的主謀。三年前，他就開始自己篡改測驗結果，那麼做的理由在當時感覺很合理，至少對他本人而言是如此。他打從一開始就痛恨考試這玩意，不希望學生依分數被貼上「學習遲緩」的標籤。東方中學有許多來自低收入家庭的學生，他們和斯托騰堡的其他八年級生一樣聰明，只是沒有支持他們的家庭環境和同等的機會。他更動了一些成績，接著徵召艾蜜莉・諾瓦克和湯姆・威靈翰兩位老友加入，後來他們又拉了潘恩・諾曼和潔內瓦參與他們的小團隊。

現在看來，他們的作爲顯得很愚蠢。他們肯定會被抓到，作弊涉及的範圍過大，留下了這麼明顯的痕跡。

「你覺得我們需要請律師嗎？」潔內瓦問。

「我不知道。」保羅回答：「我眞的請不起。」

赫爾老師的手機響起，是校長打來的。「我想我還是別接好了。」她說。

「逃得了一時，躲不了一世。」倫敦老師說。

「我知道。」

在此同時，東方中學裡的湯姆．威靈翰與潘恩．諾曼兩人也拒絕接受測謊。到了午餐時間，謠言已經在學校滿天飛，每個人都知道他們有作弊嫌疑。校長發了一則簡訊給全體教師，請大家在放學後留下，參與教職員會議以討論此事。

第15章

艾莎的桌子設在布恩&布恩事務所的前門內側，比較像是指揮中心，而非接待處。她總是能輕鬆掌管四個號碼，每一位來電的人都受到同樣的專業款待，即使很多人是不速之客。她能立刻辨別出來電的人是以逛街心態想得到免費法律諮詢、拿著假案子到處招搖撞騙、布恩律師盡量迴避的某類案子委託人，或只是個愛占線的瘋子。三十年來，她發展出極佳的第六感，能夠分辨需要幫助的人和最好迴避的對象。她還掌控訪客數量：提早抵達或遲到的客戶、未預約的訪客、鄰近的律師、兜售法律用品與書籍的推銷軍團，以及來事務所開會的其他律師。她同時也負責讓事務所裡每個人的行程維持平衡，包括西奧與他的牙醫門診及其他門診。她追蹤所有人的生日、結婚紀念日、截止日期的紀錄與訴訟事件流程的確認電話，並且以事務所名義送花至喪葬場合致意。她負責煮咖啡，確保隨時都有一壺新鮮的咖啡。她餵食法官，這隻狗總是探頭探腦地找東西吃。她提醒布恩先生準時吃藥，叨唸著要他戒掉抽雪茄的習慣，雖然每個人都知道那只是在浪費時間。她處理郵件、跑銀行，有時幫大家訂購午餐。她處理例行郵件，打字速度比鎮上任何一位祕書都快。簡言之，艾莎管理這家事務所，就一位七十多歲的女士而言，她精力無窮。

星期一下午，一名未預約的年輕女士走進事務所時，她正在飛快地打字。對方表示自己叫做潔內瓦．赫爾，迫切需要和瑪伽拉．布恩律師談談。艾莎立刻明白這位女士有麻煩了，需要幫助。她很有禮貌地說：「好的，但布恩太太目前非常忙碌。」

「我知道，我應該先打電話預約。」

「方便說說您造訪的理由嗎？」艾莎不帶著探人隱私態度地問，雖然她的意圖就是那樣。

「我希望能先保留不說。」赫爾小姐回答。

「我了解，但布恩太太的專業是家事法，很多其他案件並不接受委託。」

赫爾小姐環視四周，彷彿需要高度的隱私，她吞了吞口水，然後說：「我是中學老師，而且可能快被開除了。」

「我明白了，那您是在哪裡教書呢？」

「東方中學。」

艾莎迅速將訊息連結在一起，接著說：「如果不介意稍待片刻，我可以幫您詢問布恩太太是否能撥出時間。」

「謝謝你。」

艾莎遞給她一張紙，然後說：「請先在會議室坐一會，並填寫這張問卷。這只是基本資料。您想要來點咖啡嗎？」

「不用了，謝謝。」

十五分鐘後，艾莎陪同潔內瓦・赫爾進入布恩太太簡潔又時尚的辦公室，介紹雙方互相認識後，艾莎便告退。潔內瓦坐在椅子上，布恩太太也坐回她的旋轉椅，鉻金屬與玻璃構成的辦公桌上有條不紊。她臉上帶著專業的笑容，開始諮商：「我能幫你什麼呢？」

「我從來沒和律師打過交道。」

「好的，歡迎來到美國。這裡每個人在某些時刻都會需要律師的。」

「我，呃，我想我就要被東方中學解雇了。」

「理由是什麼？」

「校方認爲我與一件作弊醜聞有關，就是牽連到八年級學力測驗結果的那件事。」

布恩太太隨手寫下幾筆，思考了一會。「好的，潔內瓦，我不確定是否該接受這件委託。是這樣的，我有個在斯托騰堡就讀八年級的兒子。」

「我知道。」她打岔說：「我聽說過西奧，透過一個朋友的朋友。」

「我猜很多人都知道西奧。總之，西奧是個非常聰明的孩子，也是很認眞的學生，他以一分之差被排除在榮譽班之外。我並不喜歡那些測驗，也不贊同在中學系統裡推動能力分班，但我知道，西奧無論在任何學校、任何分級都會表現良好。但因爲西奧與學力測驗結果的關係，你我之間似乎會有厲害衝突。」

「我也考慮過這個，而我認爲一旦眞相大白，這些都無所謂了。之前的學力測驗結果可能會作廢，而且老實說，我不知道那之後會發生什麼事。我會被辭退，西奧也許能得到再來一次的機會，又或許他們會調整全部八年級生的成績。我眞的不知道。」

「你是來告訴我實情的嗎？」

潔內瓦停頓下來，將臉別過去。「我有個問題。」

「請說。」

「如果你接受委託，我告訴你的一切都不會外流，對吧？」

「那是當然。」

「你不會告訴別人？」

「我從來不會。律師必須將客戶的祕密視爲機密，唯一的例外是在客戶有可能對別人造成傷害的時候，但那在我的職業生涯中從未發生。」

「好，那你願意接受委託嗎？」

「如果我們雙方同意不讓西奧和這件事有所牽連，是的，我願意成爲你的律師。」

「我可以做到你說的，但你可以嗎？你是他母親。」

「我也是專業人士啊，潔內瓦。我的家庭生活不會延伸到事務所。無論結果如何，西奧都會好好的。」

「他會知道我是你的客戶嗎？」

「一般而言，西奧不清楚我的客戶是哪些人，但他還是有可能知道，這也無所謂。你何不告訴我發生的事，然後我們再決定是否要一起面對？我重申，你告訴我的一切都是機密。」

「好。」潔內瓦深吸一口氣，開始述說那天上午的事件：調查員和他們準備的測謊器；立即受到停職處分的四位同事；她也有可能遭到停職。她愈說愈想往下說。布恩太太仔細聆聽著，一邊做筆記。

潔內瓦最後終於將她的故事帶回起點。「我相信你知道東方中學有很多來自低收入家庭的孩子，學校本來就在那個社區，再加上教育委員會傾向將多數的新同學分發到東方。所以我們有很多移民家庭，很多同學的母語不是英語，他們還在努力學習這種語言。我們老師覺得將這樣的孩子大量分發到東方中學並不公平，卻又不是我們能改變的。我們愛這些孩子，他們每天帶著爽朗的笑容、懷著愉快的心情上學，準備好學習新事物。孩子們不一定都有錢買午餐，甚至有的還沒吃早餐，所以由我們來照顧他們，沒有人會挨餓。身爲教育者，我想我們比其他人更努力，常常在放學後留下來輔導那些英文程度差的孩子，晚上還去學生家裡拜訪，很多家長同時做兩、三份工作，白天無法抽空來學校。學生得幫忙翻譯，那也很不容易。我班上有兩名越南學生，他們的父母幾乎不會說英語，卻非常關心孩子，盼望孩子們能出人頭地。我想我要說的是，東方中學的情形和別的地方不太一樣，學生們為了學力測驗掙扎，分數卻比其他人低，然後被貼上『學習遲緩』的標籤或當成笨蛋，我們看了都覺得很灰心。孩子們並不笨，而且不應該被送到高中的補救教學班。這就是一切的開端，布恩太太。我們的確做了那件事，我們有罪，而且即將遭開除。」

她終於停了下來，抹去臉上的淚水。

布恩太太問：「你們什麼時候開始更改學生的成績？」

「去年我是第一次，但我們沒改那麼多。去年考試結果出來後，學校面臨督導危機，於是我們今年改了更多。眞的很奇怪，我想我們都知道最後會被抓，卻還是這麼做了，聽起來很瘋狂，不是嗎？」

「不，不是的。接下來幾天，不要和其他老師聯繫，這很重要。我等一下就會聯絡校長，進一步了解你的停職狀況。」

「你聽起來像是我的律師。」

「我的確是。我們將會共度難關。」

「謝謝你。」

第16章

星期二早上，西奧（還有法官）躺在床上聽雨聲。他不想開始新的一天，倒不是覺得下雨很煩，而是有些比這個更重要的事在他心頭繚繞，主要與愛波有關。她因爲作弊醜聞被嚇壞了，一想到自己可能會因匿名信被抓而送進牢裡，就驚恐萬分。前一天晚上，他們打電話談了將近一小時，西奧對她再三保證，她並沒有惹禍上身，也不會遭到逮捕等等。隨著醜聞事件浮上檯面，顯然在那封神祕信件送達之前，東方中學的分數就已經引起疑慮。西奧反覆告訴愛波，即使她沒有介入，他們還是會展開調查。他其實也不知道這個說法的眞實性（又有誰知道呢？），但他必須這麼說好讓愛波平靜下來。愛波還說到要逃家，去市中心的客運站搭車，一路往舊金山前進。西奧提醒她，以前她也失蹤過，幸虧有他和艾克把她找回來。一切都會沒事的，他說了很多次，就交給有關當局去調查吧。

愛波還是很難過，聽不進道理，或者聽不進西奧所說的道理。她怪罪自己，害老師們惹上麻煩。要是他們被開除怎麼辦？那些人的教學生涯和人生不就毀了？但西奧一次又一次地提醒她，他們合謀篡改測驗結果，如果眞有此事，理應受到懲罰。

他們不停地重複一樣的話題，直到西奧筋疲力竭。到了學校，又要繼續握著愛波的手、安慰她一整天，西奧一想到就怕。於是他聽著雨聲，假裝自己已經沖好澡了，只要把頭髮弄溼、記得刷牙，他媽媽從來不會懷疑兒子懶得好好洗澡。他偶爾會這麼做，只有法官知道這個祕密。他扭開蓮蓬頭，讓水盡情地流一會兒，再換好衣服下樓。媽媽在起居室的老地方待著，一邊看書、一邊啜飲咖啡。西奧幫法官和自己準備早餐，他留意到餐桌上的早報，這是個明顯訊號，表示他父親或母親希望他看到某則重要新聞。他吃了一口穀物片，緩緩將報紙移到面前，頭條寫著：「五名東方中學老師受停職處分」。

我的天啊。他慢慢咀嚼口中食物，卻食不知味。報紙對摺處上方排列著五張照片，他盯著潔內瓦．赫爾的照片看，她就是珍奈兒的姊姊賓琪的同事。昨晚愛波說，希望自己從來不認識珍奈兒，那個女孩話太多，讓愛波做了傻事。

根據報導，這五位老師被懷疑在校內共同篡改測驗成績云云。沒有什麼新消息，這些愛波和西奧早就知道了。

布恩太太走進廚房，在西奧對面坐下。她露出嚴肅的表情，一種母親的凝視，西奧立刻意會到大事不妙。他迅速回想自己過去幾個小時內是否做錯什麼事。當然啦，他只是沒洗澡，但是媽媽怎麼會知道呢？西奧又吃了一口早餐，假裝一切都很好，也不管嘴裡塞滿東西就說：「媽，今天很忙嗎？」

身爲律師，她喜歡談論生活有多忙碌、行程有多趕、要見多少客戶，或是她得出庭多少個小時之類的，這次卻不一樣，她微笑著說：「我們需要討論一件事，不過因爲這件事非常重要，一旦出了家門，就必須絕口不提，可以嗎？」

「當然囉，媽。」不論是什麼事，絕對比他假裝沖過澡要來得嚴重。

布恩太太開始說明情況，現在她是潔內瓦・赫爾、也就是那五名教師之一的律師，她希望西奧知道這件事，因爲赫爾老師的問題可能會以某種方式影響到西奧與測驗結果。西奧若有所思地聽著，甚至又吃了一口早餐，他很快地明白這件事和自己無關，畢竟不是他惹上麻煩。他眞的不在乎媽媽擔任赫爾老師的律師之後會去做什麼。

最後西奧說：「這就是你要討論的事嗎？」

「喔是的，西奧，我只是希望你知道這件事。」

「好，現在我知道了，我沒什麼差，只要確定不用再考一次就好。」

那一瞬間，西奧想告訴媽媽關於愛波和那封信，感覺事情愈來愈無法控制，迅速演變成應該由大人處理的狀況，而不是他們小孩在苦惱。西奧沒做錯事，不是嗎？而他幾乎確信愛波也沒做錯事。也許媽媽應該知道這件事，她總是知道在困境中如何應變。

但西奧對愛波承諾過不告訴別人，所以他什麼也沒說。

愛波蹺課了，西奧到處都找不到她，而且還不回簡訊。沒來上學對愛波來說倒不是太不尋常，西奧猜她可能躲在某處，但也擔心她會不會做出逃家之類的傻事。他擔心了一整天，放學後直接騎車到她家按電鈴，卻無人應門。西奧沒能準時抵達童軍集會處，被少校嚴厲警告一次。今天是星期二，他們家照例去高地街的街友庇護所幫忙，西奧一如往常幫忙供應食物，接著協助那些較年幼的孩子寫功課。愛波仍然毫無音訊。

深夜時分，她終於傳來簡訊。她一直在家，躲在房間裡不敢出門。西奧打電話給她，但她不接。

「太棒了。」他喃喃抱怨著，隨手關燈。一個小時後，他仍然很清醒，但法官一點也不關心，從床底下傳來陣陣呼聲。

第17章

這個星期三終於結束的時候，西奧回想起來，只希望自己早上從未出門，而是一直躲在上鎖的房間裡，就像愛波那樣。但那在布恩家是絕對不可能的事，如果西奧沒在七點四十五分之前下樓，他爸媽就會上樓來猛烈敲門、大呼小叫。

總之，這驚濤駭浪的一天在早上六點整準時開始。他的手機響起，原本以為是愛波，心裡掙扎著是否要起來接這通電話。但當他拿起手機時，發現來電顯示另有其人：艾克。艾克並非早起的鳥兒，如果他這麼早來電，那只有一種可能，就是麻煩來了。

「怎麼了？」西奧問。

「你在做什麼？」艾克以沙啞的嗓音問。

「喔，我在睡覺啊，直到我的手機開始製造噪音為止。」

「抱歉，聽我說，西奧，我遇上一些棘手的事，需要你的幫忙，就是現在。」

西奧有麻煩的時候，通常會打電話給艾克，所以他毫不遲疑地說：「當然囉，艾克，你在哪裡？」

「在牢裡。」

「什麼？你爲什麼在牢裡？」

「我們晚點再談這件事，目前最重要的就是把我弄出去，這點我需要你的協助。我需要一些保釋金，他們才會讓我出去，但我身上的錢不夠。我要你先來牢裡找我，拿著我的鑰匙到我辦公室取回現金。」

「好，當然，艾克，這都不是問題。」

「還有千萬別跟你爸媽說，我眞的很抱歉，西奧，但我別無選擇。你知道我辦公室在哪，而且我可以告訴你我藏東西的地方。」

「好，可是如果我現在出發，爸媽會立刻發覺異狀。」

「你多久才能出發？」

「我一直是在八點左右離開。」

「你可以編個理由早點走嗎？」

「我會的。」

「好，動作快，你到的時候就找一位司徒．培奇伯警官。」

「我認識他。」

「好，快點。」

西奧在床上躺了一會兒，試圖整理思緒。他不忍想像艾克被關在牢裡，卻忍不住想像他犯了什麼罪。如果可以保釋外出，就應該不嚴重，要是重罪，需要上千美元才能放行。

如果西奧開始採取行動，沖澡、更衣什麼的，他父母可能會聽到樓上的動靜，覺得有事情發生。所以他按兵不動，先上網查了一下昨天夜裡是否有什麼可怕的犯罪事件。結果並沒有。不管艾克做了什麼讓自己惹上牢獄之災，顯然不足以引起地方媒體的注意。

布恩先生和平時一樣，七點整出門。西奧又假裝在沖澡，迅速刷牙、更衣，然後衝下樓去。他媽媽穿著浴袍在廚房裡。「你今天起得眞早啊。」她說。

西奧將練習了幾遍的謊話拿出來用。「是啊。」他的語氣充滿挫折，「蒙特老師要我們辯論小組改在導師課開始之前練習，他今天下午有事。」

她倒著咖啡說：「眞是不尋常。」

「感覺糟透了，如果你問我的話，我們上學的時間難道還不夠長嗎？」

「記得微笑，西奧，現在是你生命中最美好的時光，應該好好享受在學校的每一刻。」

「大家都這麼說。」

她拿著咖啡和報紙走進起居室。西奧弄了兩碗穀物片，再為自己倒了一杯柳橙汁。他吃得很快，幾乎和法官一樣快。七點十五分，他已經準備好出門了，探頭到起居室說：「媽，我走了。」

「你有午餐錢嗎?」

「有,還有我回家作業做得很完美,一整天都會保持微笑,讓世界更光明。」

「媽媽愛你,泰迪。」

「我也愛你,媽。」

他拎起背包,快步離開屋子,然後跳上腳踏車。十分鐘後他走進警局,牢房在後方。他先跟兩位警官說明來意,後來看到培奇伯警官在倒咖啡,於是走過去說:「早安。」

培奇伯微笑著說:「喔喔,哈囉,西奧。」

培奇伯是位資深警官,總是徒步在市中心巡邏。他喜歡大吼大叫,也很愛擺架子,但其實是一個好人。「跟我來。」他說,兩人的身影便消失在迷宮般的走廊裡。培奇伯打開某個小房間的門,然後說:「請坐。」西奧照做,門隨即關上。五分鐘之後,艾克被帶進房間,戴著手銬。

「你的律師到了。」培奇伯笑著把手銬拿下,他從口袋裡拿出一些鑰匙,交給艾克。「你有五分鐘。」他說,然後離開房間。

「我認識這傢伙很久了。」艾克說。他坐在小桌的另一邊,看著他的姪子。西奧抬頭看著伯父充滿血絲的雙眼,通常早上的艾克看起來很疲倦,即使睡到很晚才起來也是如此,但現在顯然更糟。他說:「聽著,西奧,我真的不願意這麼做,我在牢裡的這副模樣最不想讓你看見。我覺得很難爲情，打電話找你的感覺糟透了。」

「艾克，沒關係的，我有麻煩的時候也打電話給你，不是嗎？」

「我想是吧。」他停頓了一下，然後深呼吸。「昨晚我和一些朋友玩牌，喝了點啤酒，我猜可能喝得多了點。開車回家的時候，我緩緩經過一個『停止』標誌，沒有完全停下來，你知道的，至少根據警方的說法是這樣，接著他要我靠邊停。我被起訴酒後駕車，在這裡過了一夜。我眞的覺得很丟臉，西奧。」

「艾克，別擔心那個好嗎？我一直是你的好夥伴啊。」

「謝謝。」他拿起那串鑰匙，挑出一把。「這把可以打開我辦公室的門，桌子後方有一個矮櫃，裡面有四個抽屜。」他拿給西奧看另外一把藍色鑰匙。「這把是開左邊最下面的那個抽屜，你會看到裡面有一個小型的金屬保險櫃。」他又挑了另外一把鑰匙。「這把能打開那個保險櫃，裡面有金幣和一疊百元鈔票，拿五張出來。我的保釋金被訂爲五百美元，繳交現金的話，今天早上就能離開這裡。我很抱歉，西奧，但你是我唯一信任的人。」

「這沒什麼啦，艾克，我很樂意幫忙。」能夠參與此事，西奧暗自覺得很刺激，不過也同時替艾克感到難過，他沒有其他可以信任的人。

「學校怎麼辦？」艾克問。

「我會遲到，但以前我也遲到過，沒什麼好擔心的。我應該告訴爸媽嗎？」

「晚點再說，現在不要。被逮捕會留下公開紀錄，所以也沒什麼隱藏的必要。再過幾個星期我得出庭，然後接受懲罰。他們會狠狠判我一筆罰金，吊銷我的執照幾個月，那也是我活該啦，沒什麼好抱怨的。我猜我會弄一輛腳踏車來騎吧？」

「腳踏車很好用。」

「出發吧，你回來的時候直接找培奇伯，把錢拿給他。他會處理所有文書作業。」

「當然，艾克。還有別的事嗎？」

「沒，現在沒有。謝謝你，西奧。這次我欠你很多。」

「你什麼都不欠我，艾克。我很高興能幫忙。」

西奧拿起鑰匙，匆匆離開警局。幾分鐘後，他在艾克的房子前方停好車，這棟建築是艾克的，他將一樓租給一對經營快餐店的希臘老夫婦，不過現在還不到他們開門營業的時間。沒人看到西奧跳上樓梯，打開辦公室的門。艾克沒有祕書，房間裡總是一團亂，桌上堆滿檔案夾和文件，大部分看起來像是很久沒人動過的資料。地板上有成堆的書，垃圾桶裡塞滿了垃圾，整個房間聞起來有淡淡的雪茄味。西奧打開燈，看到那個矮櫃，拿出鑰匙試試，順利打開了。保險櫃也很容易打開，他的視線盡量避開那些金幣，艾克存放的那幾疊百元大鈔已經讓他看得嘖嘖驚奇。西奧從那堆鈔票中數了五張拿出來，小心摺好後塞進口袋。他將保險櫃與抽屜上鎖，把燈關掉，從容走出辦公室，然後鎖上前門，跳上腳踏車離去。他誰都沒看見，也確信沒人看到他。

他回到警局時差不多已經八點半，不見培奇伯的蹤影。他等了又等，最後決定找張摺疊椅坐下。他傳了一封簡訊給蒙特老師，表示他今天會晚點到學校。結果沒等到老師的回音，卻收到愛波的訊息。她今天還是蹺課，想找人說話，現在很需要朋友在身邊。太好了。

培奇伯終於在快到九點之前幾分鐘出現。西奧將現金和鑰匙交給他，警官解釋，艾克大約還要一個小時才能重獲自由，而他認爲西奧應該立刻去學校。西奧比較想等伯父出來，只不過當一位警官告訴他該去上學時，他眞的也別無選擇。斯托騰堡有兩位專門處理逃學的警官，他們會在街上巡邏，搜尋蹺課的孩子，如果被抓到了，日子就會變得很難過。

就在他要離開警局時，手機開始震動，是愛波，她想找人談一談。三十分鐘後，他們在接近市中心的楚門公園碰面，坐在樹木遮蔽的長椅上。

「你爲什麼蹺課？」她問。西奧告訴她艾克的事，最後加上：「至少我有個好理由。那你又爲什麼蹺課？」

「我明天可能會去吧。」她說：「現在我實在太擔心、太難過了。我無權插手那種事。」

同樣的對話已經進行不下十次，西奧感到很厭煩。「聽著，愛波，事情做了就做了，我也不認爲你做的一定是壞事。看起來那幾位老師眞的難辭其咎，作弊就要付出代價。」

「你一直這麼說，但我聽了並沒有感覺好一點。」

「我不知道還能說什麼，愛波。」

他們沉默地坐了許久。西奧眞的很想去學校，去找蒙特老師確認一下現在自己是否惹上麻煩。他也想去艾克的辦公室，看看那老傢伙是否安好。但這時候愛波需要朋友，而西奧是離她最近的一個。

他收到蒙特老師的回訊：西奧，你沒事吧？

他回覆：我沒事，一會兒見。

愛波問：「誰傳來的？」

「蒙特老師。他在找我，我們眞的該去學校了。」

「我今天不去學校。」她一句話拍板定案。

他們又默默地坐了五分鐘。最後愛波說：「你知道我想做什麼嗎？」

「不太清楚。」

「我想要去野餐。我們去大學附近的吉布森雜貨店買兩支裹麵糊的玉米熱狗，然後騎車到河流上游。不會有人看到我們，可以在那裡安靜地吃午餐。」

「我覺得我們應該上學。」

「不要，而且再說，我們已經蹺了半天課。誰在乎呢？就算我們惹上麻煩，他們難道會槍斃我們嗎？」

「我爸媽會斃了我。」

「才不會。他們會很火大，給你一些處罰，但你撐得過去的，以前還不是惹了不少麻煩。拜託，西奧，我今天很需要朋友。」

他無法拒絕。更何況他很喜歡吉布森架子上的玉米熱狗。

那天下午，終於擺脫愛波之後，西奧走進布恩&布恩事務所，跟艾莎打聲招呼。她問起在學校過得如何，西奧回答：「老樣子。我媽媽在嗎？」

「她在法院，你爸在辦公室裡和客戶談事情。」

西奧原先的計畫是大步邁進媽媽的辦公室，承認他蹺了一整天的課。如果媽媽很忙、無法見他，那就走到樓上對爸爸坦承。但現在兩人都在忙，於是西奧和法官走進他的辦公室，把門關上，這個計畫延遲多少讓他鬆了口氣。他現在計畫要在晚餐時間公布這件事。過了十分鐘，西奧開始覺得無聊，他從後門離去，騎車到艾克的辦公室。

艾克坐在桌子後方忙碌著，他赤著腳，音響靜靜播放著巴布．迪倫的歌聲，電話旁邊擺著一罐啤酒，彷彿什麼事都沒發生。他對著姪子微笑，說：「看到你眞好，西奧。」

「你還好嗎？」西奧問，一屁股坐在一張舊椅子上。

「還不錯。把你牽扯進來我覺得糟透了。相信我，西奧，世界上我最不想在牢裡看到的人就是你。」

「沒事啦，艾克。我一整天都很擔心你。」

「別擔心，西奧。我惹過更嚴重的麻煩。」

「我聽說了。」

「你知道嗎，西奧，我在考慮戒酒，那樣感覺應該會比較好。」

西奧對那罐啤酒點點頭後問：「打算何時開始？」

「這我就無法決定了，也許是明天，也許是下星期一，甚至有可能去那種高級勒戒所待上一個月，徹底戒除酒精，把那東西從我的循環系統裡清除，然後培養新的興趣。這次眞的好丟臉。」

西奧不知該如何回應。艾克從來不曾因任何事情感到丟臉，他自認是個反抗份子，藐視任何權威訂下的遊戲規則或法律。

西奧說：「我今天後來蹺課了，得跟爸媽講這件事，他們會想知道原因。」

「跟他們說無妨。我明天會打電話給伍茲，解釋這整件事。」

布恩先生和艾克幾乎不說話，這總是讓西奧覺得很困擾。艾克願意打電話給西奧父親、談論此事，感覺是個好的開始。

「爲什麼蹺了整天課？」艾克問。

「說來話長。」

「我又不忙。」

於是西奧對他說了愛波的事，包括她的匿名信和五位教師的停職處分。艾克一向守口如瓶，他似乎很欣賞愛波用匿名信揭發那些作弊的傢伙。

第18章

西奧回到辦公室，他媽媽站在艾莎的桌子旁邊，正在和布恩先生、艾莎與她的助理文森說話，顯然有什麼壞事發生了。西奧閃過一個念頭，他想該不會是校方打電話來報告他蹺課的事吧。

沒想到是更嚴重的事。那天下午，警方逮捕潔內瓦．赫爾與其他四位老師，他們以合謀與詐騙罪名被起訴。布恩太太火冒三丈。

「那些人不是罪犯。」她一再重申。「傑克．荷根在搞什麼？我以爲他和警方有更重要的事情該起訴、有犯行更嚴重的罪犯要緝捕。這太荒謬了。」

傑克．荷根是檢察總長，也是受人敬重的律師。西奧看過他出庭好幾次。

布恩先生說：「嗯，現在最重要的是讓潔內瓦重獲自由。」

「我也知道。那可憐的女孩可能嚇壞了，被警察盯上、戴上手銬，扔到巡邏車後座，直接拖進牢裡。我相信警方一定通知了媒體，只是爲了羞辱對方，這眞是太過分了。」

「可以保釋嗎？」布恩先生小心翼翼詢問。他太太眞的很不高興，他想表示支持。這是頭一次艾莎無話可說。西奧試圖躲在角落，但他不打算錯過這齣戲。

「我不知道。」布恩太太說：「我現在就去拘留所一趟，弄清楚狀況，你看能不能聯絡上亨利．甘崔，打電話給我。」

「我可以和你一起去嗎？」西奧問：「也許我幫得上忙。」

「我看不出有什麼地方可以讓你效勞，西奧。」他媽媽說。

「或許沒有，但我不想錯過這麼有趣的狀況。」

「這並不有趣，西奧。」她責備道：「這件事極爲嚴重，簡直是暴行。」

「我不會礙事的，今天我已經去過一次了。」

空氣瞬間凝結，四個大人同時看著他。他說：「這故事說來話長，晚點再說吧。」

「我沒時間聽你講故事。」布恩太太回答，然後兩手一攤，走回她的辦公室。幾秒鐘後，她拿著公事包出現，踩著沉重的步伐往前門走去。文森跟在她後面。西奧也決定跟上，他不確定會幫到什麼程度，但他願意一試，反正沒什麼好損失的。布恩太太坐進駕駛座，把門甩上，文森輕快地坐上副駕駛座，西奧爬到後座就位，等著被媽媽趕出去，但她沒有這麼做。布恩太太橫衝直撞地高速行駛到主要大街，隨後任意非法停車，來勢洶洶的模樣像是要找人打架。文森和西奧跟著她走進警察局，她對著第一位遇到的警官大叫。

「我是瑪伽拉．布恩，執業律師，潔內瓦．赫爾是我的當事人，大約一個小時前被逮捕。

我要求現在立刻與她會面！」

西奧有記憶以來，第一次看到媽媽這麼生氣。還好附近沒有記者。

這裡只有幾名警員晃來晃去，然後消失無蹤。第一位警官說：「呃，好，當然，布恩太太，但我想您得先見我們長官，就在走廊盡頭。」

「他叫什麼名字？」她質問。布恩太太處理過幾宗刑事案件，不過就西奧所知，她從未來過這裡。目前看來，那一點也不重要。

「布洛克警官。」

他們步入拘留所，司徒．培奇伯警官經過轉角，瞥見西奧，於是笑著說：「喔，哈囉，西奧，你就是離不開這個地方，是嗎？」布恩太太和文森停下腳步，面面相覷。

「這說來話長。」西奧一說完，忽然有了個好主意。「噢，培奇伯警官，這位是我母親，我們需要一點協助。」開宗明義地說明來意後，警官表示願意幫忙。他引領西奧一行人前往長官辦公室。在路上，布恩太太問：「這是怎麼回事？」

西奧回答：「我晚點再跟你說，那也說來話長。」

布洛克警官很願意幫忙，他說潔內瓦．赫爾與其他四位老師正在進行必要「程序」，也就是說他們正在接受拍照、採集指紋，即將被送入牢房。他們每一位的保釋金都是一萬美元。

「一萬美元！」布恩太太幾乎在怒吼。「這太離譜了，他們是學校老師，不是罪犯。」

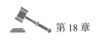

布洛克警官說：「或許吧，布恩女士，但他們是依逮捕令被捕，逮捕令上寫著保釋金是一萬美元。我無權更動。」

「嗯，但我可以。」她說。她看著文森說：「幫我打電話給甘崔法官。」文森立刻拿起電話撥打。布恩太太質問：「什麼時候可以見到我的當事人？」

「呃，這個嘛，我不清楚。」

「我要求盡快與我的當事人會面。」

文森遞出手機說：「接通了。」

她接過手機說：「亨利，我是瑪伽拉，抱歉，我是說甘崔法官。他們逮捕了那五位老師，還設下每人一萬美元的保釋金。這麼一大筆錢實在太離譜了，我認為應該降低金額。」她聽對方說了一會兒，接著問：「你在辦公室嗎？好，我十分鐘後到。」

她將手機還給文森，然後對布洛克警官說：「我們等會再回來。」文森和西奧跟著她走出警局，回到人行道上，然後沿著主要大街往前走。她走得飛快，高跟鞋喀喀喀地響，西奧幾乎要小跑步才跟得上。他們進入法院，搭電梯上二樓，快步走進甘崔法官的辦公室。他的祕書哈迪太太正等著他們，她是整間法院裡西奧最喜歡的人。她領著他們進入辦公室內部，然後把門帶上。大家互相打招呼、寒暄過後，甘崔法官看著西奧問：「你在這裡做什麼？」

「這是個好問題。」他媽媽說。

「我今天是律師助理。」西奧微笑說。

布恩太太分秒必爭。「法官，其中一位老師是我的當事人，他們五位都已經被逮捕，目前正在拘留所拍嫌犯檔案照、留下指紋，被當成罪犯對待。這實在太離譜了，我希望立刻釋放他們。」

西奧看著法官的臉，此刻看來他媽媽有絕對的勝算。他父母與亨利．甘崔是多年的好朋友。她很生氣、難過，但她說得沒錯。

甘崔法官說：「這個案子不是我負責的，我知道的很少，只知道報紙上說的那些。」

布恩太太說：「嗯，他們以合謀這種瘋狂的名義起訴這些老師，虧傑克．荷根想得出來。老師已經受到停職處分，有可能會被開除，但他們不是罪犯。」

文森從拘留所拿來一些文件。他快速地翻閱後說：「保釋金是由市立法官裁示的，但這個案子將會移送到您的法庭受審。我們可以先提出口頭動議，降低保釋金。」

「這我知道。」甘崔法官的態度溫和有禮。西奧從未看過他表現出情緒化或難過的樣子。

「那我就提出口頭動議，要求降低他們五個人的保釋金。」布恩太太說。

「你覺得如何？」

「何不簡化為自簽擔保？」文森問。

「沒錯。」布恩太太說：「這些人並沒有逃亡的疑慮，他們會在指定時間出庭，我保證。

就簽切結書吧，他們沒有錢去找保人，而且根本沒必要。我要他們立刻被釋放，亨利，這樣清楚嗎？」

「放輕鬆，瑪伽拉。」

「不，在他們被放出來之前我無法放鬆。而且一旦被釋放，我會提出動議，要求駁斥那些荒謬的起訴。讓我先和傑克．荷根談談。」

「我很想聽你們會怎麼談。」甘崔法官說，帶著一抹微笑。

「拜託，亨利，你知道我是對的。」她說。

「好，如你所願，我會聯絡拘留所的。」

「謝謝你，亨利。」

「也謝謝你，瑪伽拉。幫我向伍茲問好。」

他們一行人大步邁出法官辦公室，經過哈迪太太身邊，穿越走廊後下樓，離開法院，再度回到警局。所有文書作業耗費了一小時，即便布恩太太怒氣沖沖地瞪著布洛克警官、對著他所說的話不停反駁也一樣。最後，門終於開了，潔內瓦．赫爾、湯姆．威靈翰、潘恩．諾曼、保羅．倫敦和艾蜜莉．諾瓦克走了出來，獲准自行離去。潔內瓦一看到布恩太太就開始哭，身為律師的她請大家聚在一起幾分鐘，告訴他們事情的經過。西奧和文森則默默離開。

他們離開警局時已經天黑了。西奧的一天從警局開始，也在警局結束。他坐上車，駛離警局時，他說：「媽，剛剛實在太棒了。謝謝你讓我跟著。」
「不用客氣，但我們有些事情得好好談一談。」
「是的，我們得談談。」

布恩一家吃著外帶中華料理當晚餐時，父母倆決定，西奧星期四早上應該提早去葛萊德威爾校長的辦公室，承認蹺課一事。無論懲罰是什麼，他都得接受，不得抱怨。西奧並未試圖推翻這個決定，當時的氣氛不太好，布恩太太幾乎沒碰她的晚餐。她還是覺得很煩悶，想著該如何擊倒傑克・荷根。布恩先生認為兒子出手幫助艾克值得稱許，但他不喜歡西奧對媽媽謊稱要參加辯論練習而提早出門。西奧承認自己有錯並道歉，不過也試著扳回一成，表示當時真的別無選擇。通常他媽媽應該會對撒謊一事評論一番，但那天晚上她的心思被更重要的事情盤據了。

就西奧的說法，那天後來他都在照顧人。愛波蹺了課，需要朋友的陪伴。西奧沒說出蹺課的原因，他答應不說的。西奧爸媽都覺得他的故事很可疑，彷彿他在閃避子彈，腦子往四面八方旋轉，開始有點頭痛。他主要的考量是愛波，她若知道五位老師被捕的消息會怎樣？被停職已經夠糟了，現在還發生這種事。她會很自責，可能會喊著要採取什麼瘋狂行動。

那天晚上，他在房裡打電話並傳簡訊給愛波，但她沒有回應。

第19章

星期四早上八點，西奧走進教職員辦公區。他對校務祕書葛洛莉雅小姐打招呼，明察秋毫的她立刻問道：「你昨天缺席了，一切都還好嗎？」

她是個愛管閒事的人，老是想探人隱私。「一切很好。」西奧說：「不過我要找葛萊德威爾校長。」

「有什麼事嗎？」

或許不關你的事吧，西奧心想，但他仍然微笑有禮貌地說：「是我父母的事。」

「噢，天啊。我希望沒出什麼事。」

「他們沒事。」

他坐在接待室的椅子上，試著不理會她。鈴聲響起，祕書接起電話。葛萊德威爾校長到了，早晨的她一向活力充沛，她向西奧打了聲招呼。「您有空嗎？」西奧問。

「當然，西奧。有什麼事嗎？」

他們走進校長辦公室，把門關上。西奧坐下後宣布：「我昨天蹺了課，蹺了一整天，我沒有什麼藉口。」

「是的，我在缺席名單上看到你的名字了，蒙特老師說你傳了簡訊，可是一直沒出現。這不像你喔，西奧。」

「我很抱歉。」

「你跟父母說了嗎？」

「有，昨天晚上說了。他們不太高興，接下來一個月我都不能打高爾夫，現在我願意接受校長的任何處分。」

「很好，那麼這五天放學後留校自習一小時。這樣還算公平吧？」

「無論是什麼我都接受。」西奧說。

「就這麼辦，現在快去上課吧。我早上的行程很滿。」

還不壞，西奧心想，他小跑步經過從葛洛莉雅小姐的桌子，開門離去。

下課時間，西奧在操場上找到愛波。看到她出現在校園裡眞是鬆了一口氣。愛波蹺課不用受懲罰，因爲她媽媽寫了一張紙條說愛波之前生病了。眞是不公平，但西奧沒時間細想件事。愛波告訴他，自己又寫了一封信給卡曼．司徒博士，在信中她承認自己就是那個匿名通報者，她承認了一切，並爲自己涉入此事道歉。

「不要寄出那封信。」西奧的語氣極爲堅定。

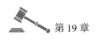

「我打算要寄。這全都是我的錯，我覺得糟透了。」

「不要寄信，對誰都沒好處，尤其是對你。那只會讓你的生活變得更複雜，還可能讓珍奈兒和她姊姊惹上麻煩。」

「很抱歉，西奧。我不同意你的看法。」

「聽著，愛波，第一封信是個錯誤，對吧？你沒和我討論就把信寄出去了，而這封信只會讓事情更糟。」

「我不這麼認爲。」

「拜託，愛波，碰到法律的事，你不是說信任我嗎？」

「大概是吧。」

「『大概是吧』是什麼意思？你到底信不信任我啊？」

「信任。」

「那就不要寄出那封信，先讓我看過再說，好嗎？」

「我再想想看。」

第三節公民課，蒙特老師通常以時事話題開場：「我們來談談昨天東方中學五位老師的逮捕事件，誰認爲他們應該被起訴、接受審判？」

西奧想躲到桌子底下。教室裡沒人知道他和這團混亂牽扯程度之深。他發誓要閉上嘴。

伍迪搶先開第一槍：「當然囉，他們作弊被抓到了，就得付出代價。」

賈斯汀反對。「他們違反了什麼法律？如果他們眞的作弊，那是不對的，這點無庸置疑。他們應該被開除，但不是被當成罪犯。」

布蘭登問：「作弊一定違法嗎？我是說，假如我們考試作弊，那就是犯法嗎？我可不這麼認爲。」

愛德華說：「我媽說他們會把測驗結果全部作廢，要我們再考一次。這樣的話，他們的作爲就等同於犯罪。如果事情眞的變成那樣，我認爲他們應該都去坐牢很久很久。」

達倫說：「我爸說打從一開始，這種考試分級的點子就有問題。爲什麼允許一部分的高中生享受小班制教學和較優秀的師資呢？爲什麼不是人人平等？」

蒙特老師保持微笑，因爲火藥味更重的議題還在後面。他說：「好，很好的論點，讓我們先暫時排除考試這個部分，來談談逮捕、起訴和那些老師們可能面臨的刑期。我覺得這麼做不太好。」

布蘭登說：「好，你認爲作弊一定就是犯罪嗎？」

「當然不是，作弊一定不對，而某些作弊方式顯然違法。比方說，如果你報稅不實，國家稅務局可以告你；如果你申請房貸時提供不實資料，也可能被起訴。但是在學校的測驗結果作弊並不是犯罪。」

「你怎麼現在才說啊！」伍迪說，引起一陣笑聲。

「噢，作弊是不對的。」蒙特老師說：「作弊的人會遭受處分，也許是停課或退學。」

雀斯問：「蒙特老師，所以你覺得應該如何懲罰那些老師呢？」

「我是個老師，所以我想我會同情他們。不過我想知道你們的想法。」

蒙特老師看著西奧，他迅速轉頭。西奧想讓這場討論就這樣過去，自己不表態，盡量低調。結果辯論熱烈地進行了半小時，西奧也設法保持沉默。

第20章

接下來一整天，西奧成功地避開了這個爭議與意見衝突，只不過當他結束一個小時的留校自習、正要離開校園的時候，一個叫做拜倫的七年級生在腳踏車架附近叫住他。顯然拜倫在那裡打轉很久了，就是在等西奧。他看起來很緊張，說話速度飛快。

「我需要幫忙，西奧。」他說。

西奧並沒有心情去幫誰的忙，只想躲進自己的辦公室，不過這男孩看起來可憐兮兮的。

「當然，有什麼事？」

「嗯，有人跟我說你很懂動物法庭，我現在惹上一個大麻煩。其實不是我，你知道的，而是我們家養的寵物給我們惹麻煩。」

「什麼寵物。」

「一隻水獺。」

「水獺？」

「對，我們家靠近市區邊緣，那一帶聚集了許多戶農家。我們有幾個池塘和幾條小溪，過去兩年，水獺都在那裡生活。你了解水獺嗎？」

「不太了解。」西奧有些遲疑地回答。他有預感，接下來要學習與水獺相關的知識了。

「嗯，水獺這種小傢伙非常友善，我們家那隻叫做奧圖，幾乎已經變成家裡的寵物，牠有時在池塘附近閒晃，有時會進入室內活動。我們每天晚上都幫牠準備貓食。去年牠生病時，我爸還帶牠去看獸醫。總之，我們家人都很喜歡奧圖這個小傢伙。」

「那隻水獺？」

「對。」

「那爲什麼奧圖有麻煩了？」

「嗯，是這樣的，我們對面住著墨瑞一家人，他們人都挺好的，至少曾經很好，但現在因爲熱中園藝這類活動，墨瑞他們對我們有點不爽。他們家看起來比我們家體面多了，房子後面還有一個漂亮的小池塘，他們稱它是『水花園』，裡面養著一種又大又胖的金魚，叫做錦鯉。你熟悉這種魚嗎？」

「不熟。」

「牠們是一種大型的觀賞用魚類，我想是源於鯉魚家族，顏色很漂亮，混合著紅色、橘色和白色。我們以前常常過去玩，順便看看錦鯉，那時候兩家人還會互相說話，我們也會幫忙餵魚。總而言之，看樣子後來奧圖發現了這個小池塘，因爲連續死了好幾隻錦鯉，而且被啃得乾乾淨淨，剩下骨頭。」

「奧圖吃了他們家的錦鯉？」

「我猜是這樣。他們大概一個月前開始抱怨這件事，眞的很懊惱的樣子。墨瑞先生威脅，要是在後院逮到奧圖就要射殺牠。他沒有抓到奧圖，可是發現更多錦鯉被吃掉，整件事一團糟。上星期，墨瑞先生到我們家大吼大叫，還一邊咒罵，他說他設置了一個由動作啓動的監視器，還有夜間模式之類的，已經拍到奧圖吃魚的畫面。他拿著那段影片告上動物法庭，照說今天下午有一場聽審。」

「今天下午？現在快要五點了耶。」

「我知道，我們不確定該怎麼做，我爸不想請律師，我想或許你可以幫幫我們。」

西奧很喜歡動物法庭，盡可能常去那邊走動，他通常會假裝自己是律師。動物法庭並不強制要求律師出席，原告與被告可以直接發言。葉克法官是西奧的朋友。西奧思索了一下情況說：「我們走。」

十分鐘後，西奧滑行至主要大街上的法院大門口停下，他衝到地下室，找了一間律師有時用來和當事人開會的空房間坐著。他快速抽出筆電，直接進入Google網站。

他旁聽過無數場審判，因而學會了一件事，就是眞正厲害的律師絕不會把任何事交給命運決定。他們之所以成功，是因爲在走進法庭前花了好幾個小時準備。西奧沒有多少時間，卻還是得有所準備。他很快地讀過維基百科對水獺的解釋，接著是錦鯉。幾分鐘後，他衝向地下室另一端的動物法庭，葉克法官每週四天在此開庭審判。拜倫和他父親在走廊上等待，簡短介紹後，科爾先生說：「我們帶著水獺一起來了，牠在我的卡車上，你可以見見牠。」

「牠非常可愛，讓人留下很好的印象。」拜倫說。

「牠也來了？」西奧問。

「對，比利把牠放進籠子裡運來。」

西奧想了一下說：「或許不要，我們也不要告訴別人水獺進城了。」

「你說什麼都好。」科爾先生說：「畢竟你是律師，對吧。」

他們走進法庭，坐在摺疊椅上，兩位鄰居正爲了一隻愛叫的狗爭執不休，他們聽得興味盎然。他們顯然已經吵了很久，葉克法官露出無聊透頂的表情，最後他舉起雙手說：「這是你們第三次來這裡討論這隻愛吵鬧的狗，我傾向大家不要再來一次。杜馬思先生，請你幫狗戴上口罩，或是讓牠在屋裡活動就好，甚至把牠送走，一勞永逸。我對整夜狂吠的狗沒什麼同情心，這樣會害所有鄰居整晚無法成眠。你懂嗎？」

「我不能讓牠待在屋裡，庭上，這樣牠會在裡面吠一整夜。」

「太糟了，但那是你的問題，不該是你鄰居的問題。我要那隻狗閉嘴，否則我別無選擇，只能結束牠的生命。」

「你有權這麼做嗎？」杜馬思先生問。

「我當然有，我有公權力，由市立法授權，得在此行政區內宣告中止任何動物的生命。如果你不相信，我可以讓你看看法條。」

西奧不只看過那個法令，還了解得很透徹。他也知道葉克法官至今只判過一次死刑，那是一隻有狂犬病的狗，咬了兩個人。他喜歡表現出強硬態度，就像大部分的法官一樣，但他內心深處其實很愛動物。

西奧也猜測，葉克法官對奧圖夜間襲擊墨瑞家水花園的犯行並不會表示贊同，不過他知道，要保住奧圖的小命暫時應該不成問題。

狗兒亂吠案告一段落，相關人等離開法庭，四個人看起來都悶悶不樂。葉克法官看著剩餘的在場觀眾，然後說：「喔，哈囉，西奧，一直很高興見到你。你與最後這件案子有關嗎，那隻饑餓的水獺？」

「是的，庭上。哈囉，我也很高興見到你。」

「好，現在請墨瑞先生和科爾先生上前。」兩個男人向前走了幾步，坐在左右相對的桌子後方。墨瑞先生指著西奧，望著法官說：「他是律師嗎？」

「喔，差不多是。」法官回答。

「喔，我這邊沒有，我也應該去找律師嗎？」

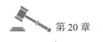

「其實不需要。我自己可以找到事情眞相，不管有沒有律師。」

「感覺不公平。」墨瑞先生喃喃抱怨著。

「我會公平審判。」葉克法官語氣頗爲嚴厲。「墨瑞先生，控訴是你提出的，所以由你先開始。有幾位證人呢？」

「只有我一個。」

「好，請坐著舉起右手，你發誓所言屬實？」

「我發誓。」

「請告訴我們發生了什麼事。」

墨瑞先生稍微移動身子，清清喉嚨。「好，庭上，我家後院有個非常棒的水花園，是請景觀設計師打造的，水面漂著蓮葉等等。我也花了很多心力維持，大概三年前我開始養錦鯉，您知道錦鯉嗎？」

「知道一點。」

「就這種胖金魚而言，錦鯉這個名字挺美的。我想牠們很久以前源於日本，現在有許多品種，體型與花色各有不同，噢，牠們在我的水花園優游的模樣眞是美極了。牠們的壽命很長，除非遭到某隻該死的水獺下毒手。」

「在我的法庭裡不許說粗話，墨瑞先生。」

「抱歉。總之我的池塘裡養了許多錦鯉，一度曾有上百條，我們很愛這種魚。我的孫子們也愛，牠們簡直是美的化身，而且非常賞心悅目。無論天氣多冷或多熱，牠們都能好好活下來。我放大了一些牠們的照片，如果您要審視的話。」

「當然。」

墨瑞先生呈上三張錦鯉在水花園裡的放大照片，一張是他家的照片，還有一張是科爾先生家的照片。他為這次聽審做了萬全準備，西奧不禁羨慕對方有如此充裕的時間。

「請繼續。」葉克法官說。

「是，庭上。大約一個月前，我去後院餵錦鯉的時候——我們一天要餵兩次——看到了駭人的景象，我發現有幾條魚被吃了。不知道是誰在水花園攻擊牠們，把牠們抓到岸上，吃得一乾二淨，只剩下魚頭和一些骨頭。我數了一下，總共有四條錦鯉受害。您想看照片嗎？」

「當然。」

另一張放大照片記錄了這場屠殺。葉克法官仔細研究了一會兒，把照片遞給西奧，最後再還給墨瑞先生。

「請繼續。」

「我不知道該怎麼辦。第二天晚上，我在後院門廊坐著觀察，直到半夜。我猜想，無論那作惡的傢伙是什麼，既然吃得如此盡興，肯定會再回來。後來我睡著了，第二天早晨衝出去一看，想當然耳，又有三條錦鯉遇害。簡直是一場殺戮。我到處尋找齒痕和腳印，卻什麼也沒發現，所以我打電話給對面的約翰……」

「就是科爾先生？」

「是，庭上，我問他可曾在他們家池塘邊發現任何魚的屍體，那一帶有兩個他們的池塘，他說沒有。於是我問起他們家的水獺，您知道嗎，庭上，他們養那隻水獺已經好多年了，就像寵物一樣，還幫水獺取了名字，孩子們也和牠玩在一起。牠隨意來去，而我懷疑牠可能與我家錦鯉的死亡有關。我從未在後院看到水獺，但牠通常在夜間活動。兩天後，我發現又死了兩條錦鯉，我再次打電話給約翰．科爾，可是他非常生氣，說我像是在指控他什麼罪名。現在回想起來，我猜我的確是那個意思。他說他不知道水獺晚上在做什麼，他沒有義務整晚觀察那傢伙。過了一、兩個星期，攻擊事件彷彿不息了，我也希望這件事告一段落，但是結果並不然。有一天，我又發現幾條錦鯉喪命，然後更多，於是我在上星期買了監視器，具有夜間拍攝功能而且是由動作啓動，想當然，我拍到他們家的水獺鬼鬼祟祟地入侵，溜進我的水花園。影片就在這。」

「播出來看看。」葉克法官說。

墨瑞先生打開一台筆電，放在法官桌上。西奧和科爾先生起身向前靠近，影像清晰得讓人讚歎，一隻水獺入鏡，應該就是奧圖，牠停下腳步，環顧四周，接著滑進池塘，潛入水底。幾秒後，牠叼著一條胖錦鯉出現，爬上岸開始大快朵頤。牠又撕又抓，每隔幾秒還不忘環顧四周，就像是知道自己在做壞事。牠吃完第一條魚之後，潛入水中又抓了一條，繼續享用牠的晚餐。

「每次看都讓我覺得好想吐。」墨瑞先生喃喃抱怨。

西奧是動物法庭的常勝軍，不過當他看到奧圖如何興奮地摧毀墨瑞家的魚群，他有種不祥預感，這次結果可能不妙。

奧圖狼吞虎嚥地吞下三條錦鯉後，牠終於飽了。牠輕巧地離開現場，比來的時候更加緩慢，然後畫面變黑。

「墨瑞先生，還有別的嗎？」葉克法官問。

「嗯，大概就這樣。我認爲科爾先生應當賠償我的損失，那些錦鯉每條價值約四十美元，一共十八條。更重要的是，我希望這件事能夠畫下句點。那是他的水獺，他應該想辦法不讓那隻野獸靠近我的私有土地。我目前只有這些要求，庭上。」

「西奧，有問題嗎？」

「當然，庭上。」西奧看著墨瑞先生問：「您的錦鯉是從哪裡來的？」

「網路上。邁阿密有一家供應商在賣，我想應該是從日本來的，大部分的寵物店也有，不過我的錦鯉比較高級，是從特別的進口商那裡取得。」

「您可曾在住家附近看過浣熊或土撥鼠？」

「喔，當然。」

「看過貓咪、狐狸或蒼鷺嗎？」

「我想有，偶爾吧，我們幾乎什麼都看過。雖然我們住在市區邊緣，但是那裡其實還滿鄉下的。」

「這些動物也可能獵食池塘中的魚，這點您同意嗎？」

「孩子，你才剛看過影片耶。那不是浣熊或狐狸，我知道牠們的差別。」

「謝謝您。我的問題到此爲止，庭上。」

「請傳喚你的第一位證人。」

「約翰．科爾先生。」

「好，科爾先生，請坐著舉起右手。你發誓所言屬實嗎？」

「是，我發誓。」

「請繼續，西奧。」

西奧拿著一本黃色的律師用筆記本，就像眞正的律師一樣。他已經潦草地記下了幾個重點，字跡亂得幾乎連他自己也難以辨識。「好的，科爾先生，請告訴我們關於奧圖的事。」

科爾先生緊張地環顧法庭，稍微想了一下。「喔，我們以前養過別的水獺，還有河狸、浣熊、臭鼬、狐狸、貓咪、袋貂，任何你想得到的都養過。我們有兩公頃的土地、兩個池塘以及好幾處濃密樹林，裡面可能有各種生物，只是還沒有被人發現而已。這隻小傢伙，也就是孩子們口中的奧圖，幾年前開始很活躍，而牠非常友善，不像一般野生動物那樣怕生。我們餵牠吃東西也照顧牠，有一次牠病了，我還帶牠去看獸醫。不過我不會說牠是我們的寵物，牠從來不待在屋裡或倉庫裡，牠不會隨叫隨來，也不曾受過在室內生活的訓練。重點是，我無法控制牠的行爲。牠是野生動物，想去別人家的池塘覓食的時候，我無法阻止，我無法控制牠的生活。」

「影片裡的水獺就是牠？」

「看起來的確很像，可是我猜大部分的水獺都長得一樣。我不確定，也沒花那麼多時間去想水獺的事。」

「你養狗嗎？」

「當然，養了兩隻。」

「你有養狗的許可嗎？」

「是的，依市府規定。」

「你養貓嗎？」

「有。」

「你有養貓許可嗎？」

「是的，按規定有。」

「你有養水獺的許可嗎？」

「當然沒有，牠是野生動物。我們不可能取得養野生動物的許可，難道不是嗎，庭上？」

葉克法官回答：「說得沒錯。」

西奧說：「沒有其他問題了，庭上。科爾先生是我方唯一證人。」

「很好，墨瑞先生，你要對科爾先生提問嗎？」

「沒有，庭上。最重要的就是他承認了那是他的水獺。」

「還有別的嗎，墨瑞先生？」

「目前還沒想到，沒有，庭上。」

「西奧呢？」

「是，庭上。」西奧拿著他的律師筆記本起立。

「西奧，你可以坐著說。」

「我知道，庭上，但我需要伸展一下雙腿。」事實上，西奧比較喜歡站著說，或許再向前走幾步，他以前看過很多厲害的律師出庭都是這麼做的。在眞正的法庭裡，律師要對法官或陪審團說話時都會起立，質詢證人的時候也是。

葉克法官微笑點頭。西奧開始說：「庭上，看來我們在處理的是叢林裡的生存法則。萬一有隻住在科爾家土地產權內樹上的浣熊，某一天也發現了墨瑞先生家水花園裡美麗的魚隻呢？我們不能責怪浣熊爲了生存所做出牠應該做的事：覓食；而我們也不能因爲浣熊的作爲就責怪科爾先生。狐狸、貓、蒼鷺、河狸等同樣也是，樹林裡到處都有掠食者。所以我們也不能怪罪水獺。我想牠們是這塊土地上最早的住民，這裡是牠們在大自然的棲地，當然有權利來去自如、自由覓食。另一方面，這些錦鯉並非原生種，而是從遙遠的日本運送至此。誰才是眞正屬於這個地方呢？我想所有動物都是，不過本質上，有些動物就是會獵食其他動物，這是我們無法改變的。牠們必須有東西吃，不是嗎？科爾先生應該怎麼做呢？把水獺抓起來，關到籠子裡嗎？那太不自然了，奧圖說不定會死。」

「那就太好了。」墨瑞先生打岔。

「先別說話。」葉克法官說，對墨瑞先生皺眉。

西奧繼續：「我的重點是，庭上，奧圖不是家裡馴養的寵物，牠睡在野地裡，晝伏夜出，能找到什麼就吃什麼，並不受我當事人控管。庭上，我應該不需要在此提醒大家，水獺在何處捕魚吃並未違反任何法律。」

西奧就座後，葉克法官說：「這個論點很好，西奧，不過那段影片眞的讓人無法忽視，證據似乎很明顯。」

「庭上，我可以射殺牠嗎？」墨瑞先生脫口而出。

「誰？奧圖，還是西奧？」

「那該死的水獺。啊，抱歉，我是說那隻不討喜的水獺。」

「不，不行。在本市管轄區內用槍是非法的。」

「好吧，那我可以毒死牠嗎？」

葉克法官想了一會兒說：「是，你可以這麼做。法律規定你不能殺害貓、狗、馬、豬、綿羊、山羊、鹿、熊、鷲、鷹或貓頭鷹。關於水獺，則沒有任何規定。」

「別忘了還有河狸。」西奧熱心補充。

「對，不知爲了什麼，還有河狸。」

「很好。」墨瑞先生得意地說。「那麼假如科爾先生不好好看管那隻水獺，我就會準備好毒藥，自己處理這個狀況。」

葉克法官看著科爾先生問：「你知道韋恩斯堡的『野生動物中心』嗎？」

「不，我不知道。」

「那是個避難所，收容那些被人類抓住或需要關禁閉一段時間的野生動物。我曾經送了好幾隻動物過去，那裡的工作人員很專業。我建議你帶奧圖過去，在他們找到適合奧圖的新棲地之前，先讓牠在那裡住幾個星期。那是個遙遠的地方。」

「我想這個我們做得到。」科爾先生說。

「那我死掉的魚怎麼辦？」墨瑞先生問。「那隻水獺吃了大概二十條錦鯉，每條價值四十美元。」

西奧說：「庭上，影片顯示奧圖吃了三條魚，並沒有其他證據顯示牠必須對其他魚負責。那也有可能是浣熊或狐狸所爲。」

「我很懷疑。」葉克法官說：「影片中的牠看起來對正在做的事很嫻熟。我可以稍微降低罰鍰，但你的當事人仍須賠償五百美元。」

「那感覺也太多了。」科爾先生說。

「好，請你謹記在心，科爾先生，我可以明天就請動物保護處的人過去捕捉那隻水獺，然後執行安樂死。」

科爾先生頓時噤聲，西奧也沒有別的要補充了。墨瑞先生聳聳肩，似乎在表示同意這個判決。葉克法官說：「那就確定判決了。科爾先生要支付五百美元的賠償金，另外還得將那隻水獺送到野生動物中心。還有其他的嗎？很好，在此宣布休庭。」

他們輪流從法庭離去，走到外面。西奧跟隨著拜倫和科爾先生移步到卡車邊，拜倫的哥哥比利在車上等著，奧圖也在駕駛座上安然睡著。

拜倫說：「謝謝你，西奧。這應該是最好的結果了。」

科爾先生說：「做得好，西奧。有朝一日你一定會成爲了不起的律師。我需要支付你酬勞嗎？」

「不用了，科爾先生，不能收費，因爲我才十三歲。」

「謝謝你，孩子。」

西奧看著他們的卡車駛離。他並未漂亮地打贏這場仗，但也不能說是慘敗。雙方對這個判決都不全然滿意，所以就像甘崔法官常說的：正義獲得伸張。

第21章

下午六點鐘，通常布恩&布恩法律事務所的人都走光了。艾莎每天下午五點整下班，只有極少數例外。接著是兩位律師助理文森和陶樂絲的下班時間。大家都知道布恩先生可能更早離開，他常用「去一趟法庭」當藉口，不過誰都知道他是要去找老朋友喝一杯。布恩太太總是最後一個離開，然而一直待到六點對她而言並不尋常。

離開動物法庭後，西奧騎車回到事務所，驚訝地發現每個人竟然都還在，每一盞燈都亮著，好像有什麼大型會議在會議室進行。他躡手躡腳地走到走廊盡頭，試圖在門外偷聽，卻聽不出什麼所以然來。艾莎、文森和陶樂絲都出席了，還有西奧的爸媽，他們從未合作處理案子。西奧有記憶以來，不曾見過這樣的組合。他走回自己的辦公室，把功課寫完，其實他在留校自習的那一個小時裡就已經完成大部分作業了。

文森輕輕敲門，隨即走進來。「嘿，西奧，你媽媽想請你去會議室。」

我闖禍了嗎？西奧心想。「發生什麼事了？」他問。

「我們在和那五位學校老師開會。他們聘請整個事務所作爲代表。」

「五位一起？」

「是啊。」

「就刑事案件來說，這不太尋常，不是嗎？」

「非常不尋常，他們計畫站在同一陣線，希望我們能幫忙撤銷告訴。如果不成，屆時他們只好被迫各自找律師。」

「好，那媽媽為什麼要我去會議室呢？」

「我猜你得自己去弄清楚。」

「我有麻煩了嗎？」

「據我所知沒有。」

西奧跟著文森走到會議室，大家圍著長形的會議桌坐著，正在等他。主導整個場面的人當然是他媽媽，她起身說：「西奧，我們事務所要代表這五位東方中學的老師出庭。」她一一介紹每一位老師，西奧站在長桌的另一端點頭致意。這太詭異了，他心想，我到底在這裡做什麼啊？

保羅．倫敦先生起身說：「西奧，我們有些話想對你說。關於這次的醜聞，的確是我們的錯，我們也願意負責。我們更改了東方中學多位八年級生的試卷答案，讓他們獲得明年進入斯托騰堡高中榮譽班的資格。我們有理由這麼做，不過那些理由不夠好。我們沒有脫罪的

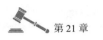

藉口，這麼做對其他學校的學生很不公平而且造成傷害，受影響的人包括你。假使我們不曾代替東方中學的孩子作弊，你很有可能已經名列榮譽班之內。我們感到非常抱歉，在此誠摯地向你道歉。」

西奧覺得這可憐的傢伙好像快哭了，顯然他對作弊這件事的感受比西奧強烈得多。其他老師也盯著他看，神情哀傷。

西奧從小被教導一旦有人道歉，就要原諒對方。握手言和，不計前嫌，繼續往前走。他說：「好的，倫敦先生，我接受你的道歉。只希望你們不會遭受太嚴厲的處分。」

「我們會撐過去的。我們有很好的律師。」

「我也會沒事的。」西奧說：「無論事情如何發展，我都不想再考一次試了。」大家都笑了，幽默感稍微化解了緊張的氣氛。西奧隨即告退，走回他的辦公室。

星期四晚上，他們總是在同一家土耳其熟食店用餐，通常坐在老位子。餐廳老闆歐馬每週熱情地歡迎他們，不用菜單，因爲每次都點同樣的口袋餅佐紅椒鷹豆泥，再加上烤雞。布恩先生有一次失誤，點了歐馬的土耳其咖啡配甜點，結果他連續三天睡不好。現在他們只喝水。西奧喜歡這個地方，但對歐馬頻繁的關切感到有些厭煩。歐馬的兒子負責廚房，而他本人似乎認爲，在外場服務的職責就是要不斷地對客人噓寒問暖。客人也都知道他有偷聽對話的習慣。

布恩一家盡量放低音量，談論作弊醜聞，但歐馬潛伏在一旁。他們改變話題，試圖討論艾克和他最近惹的麻煩，不過歐馬實在靠得太近了，於是他們開始談論一四四〇小隊正在計畫的一場露營旅行。

西奧不介意葛萊德威爾校長的懲罰，就是連續五天放學後多花一小時留校自習。但一個月不能打高爾夫就有點痛苦了。星期六早晨，他坐在餐桌旁邊，試著裝出可憐兮兮的模樣，他爸爸則表現得和平常一樣，彷彿人生很美好似的。天氣很好，高爾夫球場在呼喚著他們，但西奧不能去打球。布恩先生卻在計畫和他的三位好友一起開心地玩一場。

「可惜你今天不能去，西奧。」他爸爸說：「不過既然蹺了課，就得接受懲罰。」

「謝謝你，爸，我以爲我們已經談過這件事了。」

「只是想提醒你而已。」

「我聽懂了。」

「夠了啦，伍茲。」布恩太太說，一邊喝著咖啡。

「今天天氣實在太好了。」布恩先生說：「我們可能會打二十七洞。」

我希望你每一洞都比標準桿多兩桿，西奧差點脫口而出。不過他只是默默地吃著穀物片，承受這巨大的折磨。多三桿也很好。

布恩先生終於離開後，媽媽問：「西奧，你今天有什麼計畫？」

「我得去找愛波，最近她過得不太好。」

「有什麼狀況嗎？」

「她需要幫助。」

「哦，眞的嗎，發生什麼事？」

西奧最討厭打破承諾，但他需要媽媽的建議。西奧說出珍奈兒和她姊姊賓琪的事，還有愛波寫信給司徒博士等等，將一切全盤托出。

布恩太太專注地聆聽著，西奧說完後，她說：「嗯，其實愛波不用自責吧。就我所知，這次的作弊醜聞勢必會被揭露，考試結果看起來很可疑，教育委員會早已開始調查。」

「我也一直這麼跟她說。」

「所以你一開始就知道其中兩位老師的名字？」

「我想是吧，我知道愛波告訴我的部分，但我不確定她說的是否可信。」

「你怎麼沒告訴我？」

「因爲我對愛波保證過絕不告訴別人。我是個守口如瓶的人，媽，但我只是個孩子，這個祕密大到難以解決的時候還是需要大人幫助。現在我很擔心愛波，再加上你是律師，而且你知道替當事人保密的重要性。」

「愛波不是你的客戶。」

「她認為她是。」

「而且你不是律師。」

「我知道，我只是不想涉入太深。」

「她不應該寄出第二封信，西奧，那只會讓她的生活更複雜。」

「我知道，我跟她說了，但是她很固執。」

「我建議你再跟愛波聊一聊，確保她不會把信寄出。」

「好，我正打算那麼做。反正我也不想打高爾夫。」

第22章

星期日的報紙出現一則長篇報導，內容有關作弊醜聞並論及其他衍生問題。被當成刑事案件起訴，爲這則報導增添另一個引起民眾興趣的面向。涉案老師被判刑的可能性讓許多人感到很不安，而他們的律師布恩太太當然也深感不安，她的照片被刊登在第二頁。律師本人拒絕與記者談論此案，表示保密是她的專業職責，律師應該在法庭上反駁告訴，而不是在媒體前大放厥詞。西奧心想，這感覺很不尋常。當今的律師總是表現出迫不及待跳到攝影機前，對著記者侃侃而談。他很尊敬媽媽盡量遠離鎂光燈的態度。卡曼．司徒博士也同樣惜字如金，既然這件事即將進入司法審判程序，直到事情水落石出之前她都不會發表評論。檢察官傑克．荷根在媒體面前本來就以寡言聞名，不過就這篇報導來看，他正快馬加鞭地起訴這些老師。

布恩太太已送出一份內容厚實的動議書，要求撤銷告訴。亨利．甘崔法官也決定批准她的申請，盡快舉行一場聽證會，時間訂在下週四。布恩太太並未對西奧提及聽證會的事，也許因爲她懷疑西奧會立刻開始策畫那天要如何溜進法庭。

她的懷疑相當合理。西奧從星期日早上看了報紙之後就立刻開始計畫，他什麼都沒對爸媽說，但齒輪已經開始轉動。他，西奧．布恩，可是斯托騰堡唯一的少年律師耶，怎麼能錯過這起重大案件？實在難以想像。他是這樁醜聞的受害者之一，當然應該出庭，他想到這個論點的那一刻，差點沒被穀物片嗆到。

這點子實在太妙了。

他沒有絲毫埋怨，沖澡更衣準備上教堂。他面帶微笑地坐著參與整場主日禮拜，牧師說了什麼，他卻一個字也沒聽進去。午餐時間，他和父母聊著他下一次的辯論賽以及露營旅行，絕口不提醜聞或任何相關事件。星期日下午，他和愛波在高孚優格冰淇淋店碰面，終於說服她不要再寄信出去。一封就已足夠。

星期一早上，西奧的第一件事就是去教室堵蒙特老師，對他坦承所有的計畫。在甘崔法官主持的法庭觀摩這場聽證會，會是蒙特老師班上學生親自體驗司法程序另一個校外教學的好機會。

蒙特老師倒不是那麼確定，但他說會考慮看看。

星期日傍晚，西奧去了艾克辦公室一趟。外面停著一輛嶄新的腳踏車，十段變速，座墊上還綁著一頂安全帽。「他們要拿走我的車鑰匙半年，所以我現在騎腳踏車代步。我需要運動。」他正在用紙杯喝咖啡，看起來精神奕奕，甚至炯炯有神。

「我已經戒酒了，西奧，我再也不喝了。這次的酒駕讓我上了寶貴的一課，我漸漸清醒過來了。」

「太好了，艾克。我以你為榮。」

「酒精是條死路，西奧，千萬別開始喝酒，好嗎？」

「目前為止，我都成功做到了。」

「你才十三歲，等你上了高中、學會開車之後，那就是麻煩的開端。有人給你喝第一口啤酒的時候，答應我要拒絕對方。」

事實上，那件事早就發生了。有一次西奧去伍迪家玩，那天他爸媽都不在，冰箱裡塞滿了啤酒，伍迪覺得喝點酒很酷，但西奧拒絕了，後來只待了一會兒便離去。

「我保證，艾克。」他說：「而且我以你為榮。」

「老實說，你是我戒酒的原因之一，西奧。我最愛的姪子前來監獄拯救我，這實在太傷自尊了。我終於領悟這真是夠了，我對自己發誓，絕不讓這種事再度發生。我戒酒是為了自己好，也是為了你，我想成為一個更好的榜樣。」

他的聲音有些沙啞，眼眶溼潤，西奧不知道該說什麼。

那天晚上，西奧開始寫信，雖然他當時應該要讀一本英文課的課外讀物。那封信的第一個版本如下：

親愛的葛萊德威爾校長：

我想您或許已經知悉，亨利．甘崔法官在本週四早上九點安排了一場聽證會，東方中學的五位老師因合謀與詐騙被起訴，如果定罪，可能會入獄服刑。他們的律師，至少是這場聽證會的出庭律師，正是我母親瑪伽拉．布恩。

我認為自己應該有權利出席旁聽此一重大案件。請容我在此解釋原因。

誠如您所知，我計畫長大後要成為律師，也在法院裡花了許多時間學習，尤其是在甘崔法官的法庭，至今我已旁聽過多場審判。我認識所有法官與事務官，也知道不少律師和警官。我的朋友們忙著踢足球或打籃球之際，我通常是在法庭附近等著某一場審判開始，多年來我一直保持這個習慣，也非常享受整個過程。不只是有趣，還很有教育意義。我得以看到律師們總是不按牌理出牌，而且至少對我來說，沒有什麼比親眼目睹兩位大律師之間的戰鬥更精采。我很愛看律師在結辯時說服評審團接受他們的觀點。也沒有什麼比等待陪審團回到法庭、宣布判決要來得更緊張、更有戲劇性。

您曾經好意地准許蒙特老師帶著我們班前往法庭進行校外教學，包括旁聽審判以及與法官對話。本週四的聽證會是進行另一場校外教學的絕佳機會。

今天晚餐時間，我與父母談論此事，他們似乎覺得我應該在教室而非法庭學習。我仍然在與他們溝通，但事情看來並不順利。

還有另一個我應該出現在法庭的原因。五位老師因犯罪事由被起訴，雖然我個人覺得這不合理，但無論如何，有人犯罪就表示有人受害，而受害者理應出庭。我看過許多受害者出庭作證、指認被告，我也看過許多受害者連續好幾天都坐在前排聆聽證人出庭作證。

就本案而言，老師被指控作弊，而他們的行為極有可能損害一群八年級學生的權益，他們因此而未能在學力測驗達到足以進入榮譽班的標準分數，有些是斯托騰堡中學的學生，有些是中央中學的學生，大家皆因這個弊案而可能被排除在榮譽課程之外。目前為止，我們還無法確知指控是否為真，但看來極有可能。

我不知道其他在相同處境中的學生姓名，我假設他們對這場聽證會都不感興趣。但既然我可以說是受害者，我認為出庭聽審相當重要。此外，因為我母親代表被告，其他受害者對此案的了解大概都不如我，事實上，我知道許多不應該知道的事。

另外還有一個您或許並不在意的理由。假使我星期四被迫在校上課，因而錯過這場重要的聽證會，那麼我在學校也是心不在焉，一整天的課可說是種浪費，因為我的心思只會在法院盤旋。我明白您或許仍然對我前些日子的蹺課行為感到不滿，而我對那件事真的很抱歉。我保證絕對不會有第二次。

葛萊德威爾校長，請您批准蒙特老師的請求，讓他在本週四帶領我們班前往聽證會進行校外教學。

西奥．布恩 敬上

他愈寫愈覺得名正言順，一直到午夜時分，他還在勤奮地打字。「受害者」這個角度實在太聰明了，他心想。後來他終於滿懷信心地入睡，葛萊德威爾校長絕對無法拒絕這個請求。

星期二清晨，他寫好最後一個版本，將這封信列印出來，摺好放入信封。他並未對父母提到隻字片語。他到校後，直接走向葛萊德威爾校長的辦公室。他繞過葛洛莉雅小姐的位子，因爲她肯定有一堆問題要問，然後他把信放在校長桌面正中央。

午餐時間，蒙特老師在學生餐廳找到西奥，交給他一個小信封。西奥撕開信封，將一張校長手寫的紙條取出來，上面寫著：

親愛的西奥：謝謝你的來信，但答案是不准。

校長筆

星期二放學後，西奥和法官爬上布恩&布恩事務所的階梯，走進爸爸的辦公室。布恩先生正忙著處理一堆文件，嘴上叼著一根沒點著的菸斗。

「在學校過得好嗎？」他問。

「很無聊。最近我都沒辦法專心，一想到星期四就是聽證會，我卻被一腳踢出法院。怎麼看都覺得不公平。」

「我們不是討論過了嗎？」

「對我而言，那並不是討論。我多次提出我的想法，但你們只是關上大門拒絕。我並沒有說話的餘地。」

「也許這件事沒什麼好討論的，你不能爲了去法院而蹺課，就是這麼簡單。」

「我計畫要杯葛星期四的課。」

「你說什麼？」

「我要杯葛，不是蹺課。我會乖乖出現在課堂上，但不會聽老師講課，也不會參與任何討論。我會寫作業，因爲要是不寫功課就會有麻煩，但是我計畫要放空，只是坐在那裡，什麼都不想。」

「你說這叫杯葛？」

「杯葛之類的，我想不到更好的字眼。」

「聽起來很蠢，你像個呆子坐在教室裡，但整個世界還是照樣運行。」

「我不管，我就是要表態。你們不讓我去法庭，我就要這樣表示抗議。」

「儘管抗議吧，但如果你的成績搞砸了，就得付出代價。」

「我會每一科都得A，爸，只杯葛一天並不會影響我的成績。」

「隨便你吧。今天不是有童軍活動嗎？還是你連這個也要杯葛？」

「我現在就要出發。」

第23章

星期三下午，五位老師聚集在布恩&布恩事務所開會。他們聚集在會議室，與會的有布恩夫婦、文森與陶樂絲。艾莎待在接待處接電話、處理事情，而西奧在一旁竭盡所能地偷看偷聽，卻什麼也沒聽到。「我想你最好待在你的小房間。」艾莎警告，於是他只好撤退，又吃了一次敗仗。

他還有最後一招。快要五點的時候，西奧跳上腳踏車，一路騎到法院。甘崔法官的法庭空無一人，那正是西奧所希望的。他走向走廊盡頭的法官辦公室，然後和哈迪太太打招呼，她正在整理桌上的東西，準備下班。

「法官在嗎？」西奧問。

「是的，但他現在很忙。」

「我只需要一點時間。」

「我幫你問問看。」

五分鐘後，西奧走進甘崔法官寬敞的辦公室。「喔，哈囉，西奧。」法官說：「你怎麼會來這裡？」

「我需要您的幫忙。」西奧有點緊張地說。

「真令人驚訝，我想應該和明天的聽證會脫不了關係吧。讓我猜猜看，你相信如果你不在場，我們就無法好好把事情辦妥，是這樣嗎？」

「意思差不多。我只是很好奇，法官，您認為明天會進行多久？」

「幾個小時吧。那不是審判，你知道的，只是聽證會，讓幾個證人和律師輪流辯駁。」

「幾點開始呢？」

「預定早上九點，不過在那之前有幾件事情要處理，一些例行的動議之類的，應該不會太費時。你為什麼問這些？」

「呃，法官，您也知道我在法庭花了很多時間，比任何我認識的孩子都多，而開庭時間往後延並不是什麼稀奇的事，律師遲到啦，或是警方、有時候是法警來不及將嫌犯從牢裡準時押送至法院；有時候是律師手上的資料過於混亂，或者一場預定十五分鐘結束的聽證會延長一小時或更久。總之您很清楚，各種延誤都有可能發生。」

「我的時間管理很嚴格，西奧，雖然這話不該由我自己說。」

「是，法官，我知道，我看過其他不如您嚴謹的法官。不過，事情總有延遲的時候嘛，您知道的。」

「噢，我懂了。你想要我將早上的議程往後延。」

「嗯，其實我是希望聽證會能夠延到下午一、兩點再舉行，然後慢慢地進行，直到學校放我們出來。」

「你的要求有點多，西奧。」

「是，法官，我知道，但我現在眞的走投無路了。其他辦法沒一個見效，我已經試著和我爸媽解釋，也跟校長說過了，既然我與這個案子有利害關係，那至少也應該讓我知道事情的進展啊。」

「有利害關係？」

「是的，法官。我想我是受害者之一。」

「我不懂。」

「是這樣的，法官，我的分數只差一點點就能進入榮譽班，很有可能是因爲東方中學的弊案而被刷掉。」

「我不清楚這件事。」

「我們不會談論此事，就我所知，沒考上榮譽班的學生姓名並未公開，事實上，學生姓名與成績都是機密。」

「我懂了。你父母對於你這個受害者的身分做何感想？」

「我不知道他們是否明白我的論點，不過他們並不同意我請假一天去法院旁聽。幾個星期前我蹺課，他們到現在對那件事還耿耿於懷，但我的成績通常每科都是A啊，反正學校很無聊。老實說，我想我已經準備好上法學院了。」

甘崔法官深吸一口氣，揉揉雙眼。他站著伸展身體，看起很疲倦，在辦公桌旁踱步了一會，搔搔下巴，然後陷入沉思。西奧在旁邊看著，默默等待，內心有點訝異自己竟然下了這步棋。這是相當大膽的嘗試，他已經做好充分準備，法官可能會嚴厲地請他出去，叫他把自己的事管好。堂堂的亨利．甘崔法官，不需要一個十三歲的孩子在他的法庭裡比手畫腳。

「你知道嗎，西奧，我有點贊同你的說法。」

「不會吧？」西奧驚愕地脫口而出。

「沒錯，我贊同你的論點，很好的論點。你和其他立場相同的學生應該獲准旁聽這場聽證會，看看事情如何發展。」

「真的嗎？我是說，當然，法官。我同意您的說法。」

甘崔法官走到他的桌前，按下對講機上的一個按鍵，然後說：「哈迪太太，可以請你進來一下嗎？」他在會議桌旁坐下後問：「明天幾點放學？」

「最後一堂是在三點半結束，不過我的最後一堂課是自習，很容易溜出來。我大概可以在兩點半左右抵達。」

「我並不想再往後延了。」

「沒問題。」

哈迪太太走進房裡，甘崔法官對她說：「我看了明天的時間表，擔心一開始的那幾個案子會拖得比較久，所以想把聽證會的時間往後延到兩點半。請幫我致電傑克．荷根和布恩太太，然後發電子郵件確認。」

「好的。」她說，看著西奧，一副很想發問：「你又做了什麼？」不過她只是離開辦公室，門掩上之後，甘崔法官說：「其實這沒什麼，這類聽證會的時間常有更動。」

「由您作主，對嗎？」西奧問。

「目前爲止，是這樣沒錯。」

「謝謝您。」

「快回家吧，我們明天見。還有西奧，別告訴別人這件事。法庭對公眾是開放的，如果其他學生想來旁聽，那就讓他們來，但是不要大肆宣揚，好嗎？」

西奧從椅子上跳起來說：「當然，法官，明天見。」他握著門把時，又轉身說：「話說回來，法官，您也不認爲他們是罪犯，對不對？」

「已經夠囉，西奧。明天見。」

第24章

晚餐靜悄悄地進行，布恩一家在起居室吃著外帶的中華料理，似乎沒人有興趣打破沉默，這種情形在他們家顯得格外不尋常。布恩夫婦思考著明天的聽證會，他們倆對刑法案件都不熟悉，西奧察覺到他們的緊繃。布恩太太常常進出法院，但幾乎都是處理離婚案件，布恩先生則一年只出現在法官面前一、兩次。西奧在等待時機提出他要略過那節自習課的事，然後在兩點半之前衝到法庭、旁聽那場聽證會，可是當沒有人說話時，要提起這件事簡直不可能。不過西奧知道一定得和爸媽談談，因爲如果沒有解釋原因就出現在法庭，後果可能不太好。

他的第一個挑戰是要說服蒙特老師，他兩點半要出現在法庭，有非去不可的理由，但西奧並不太擔心這一關。

他終於開口：「爲什麼你們都這麼安靜？」

他媽媽說：「噢，抱歉，西奧，我在想事情。」

布恩先生說：「我只是在吃東西。」

「喔，但我們不總是邊聊天邊吃東西嗎？」

「當然。」他媽媽說：「你想說什麼？」

「嗯，我們可以談談有關中東的衝突或是菲律賓的颱風啊，只不過那並不是你們心裡在想的事。我懷疑你們倆都在想明天的聽證會，擔心五位當事人可能面臨刑事訴訟，還可能入獄。對嗎？」

他的父母微微一笑。媽媽說：「甘崔法官將聽證會延到下午兩點半了。」

「哦，眞的嗎？他爲什麼要這麼做呢？」

「這也不奇怪啦。甘崔法官非常忙碌，要處理的案件多如牛毛。我想你放學後會趕去法庭看看吧。」

「我可以嗎？」

「這很難說。」爸爸說：「你跑去法庭旁聽可能不是個好主意。」

「人人都可以去法庭旁聽啊，爸。那裡會有很多人，有家庭成員、學校教職員、記者，也許還會有一些八年級生的家長。只是要我保持距離似乎不太公平。」

「他說得對，伍茲。」布恩太太說：「這場聽證會對外完全開放，到了星期五早上，報紙也會有大篇幅的報導。」

「沒錯。」西奧說：「所以我可以去囉？」

他父母各自吃了一口飯，在同一時間，媽媽似乎點頭同意，爸爸則有點不同意，但西奧知道他安全過關了。

八點四十分的鐘聲響起，導師時間開始了。西奧已經和蒙特老師談了十分鐘。蒙特老師說：「我不確定耶，西奧，如果我准許你不上自習課，就得向葛萊德威爾校長報備。每個學生早退都得留下紀錄，你知道的，她有可能還沒原諒你前幾天蹺課的事。」

「她一直都是那樣啊，總是對什麼不太高興。那是她的工作。」

「我不知道。」

「請聽我說，蒙特老師，昨天我去甘崔法官辦公室和他談過了，他也認同我出席法庭的重要性。」

「眞的假的？」

「我不會對你說謊。事實上，將聽證會延後舉行是我的主意，這你可不能對別人說喔。你很清楚法庭的狀況，常會有時間延誤或審判延後的情形。他早上有幾件別的案子，而我算是說服他延後到下午，這樣我才能到場。蒙特老師，法官希望我出席，我現在就可以寫電子郵件給他，如果你覺得有必要。」

「不，不用了。我會通知葛萊德威爾校長。」

「謝謝你。」

午餐時間，愛波抱怨肚子不舒服，面色慘白。她打電話回家後，她媽媽立即聯絡葛洛莉雅小姐，請對方安排讓愛波盡快早退。

兩點二十分的鐘聲響起，西奧快步跳上腳踏車，往法院疾駛而去。

第25章

甘崔法官正要在法官席就位，西奧和愛波此時緩緩走進二樓旁聽席，在前排坐下。他們的視野很好，幾乎可以俯瞰整個場地，除了法庭最後方。左手邊的欄杆之前是被告席，五位老師和布恩夫婦擠在那個位置，右手邊是檢方席，傑克．荷根和他的一名助理坐在那裡。不少民眾出席旁聽，分散坐在旁聽席上。西奧猜測，那些人是幾位老師的親戚朋友，再加上一些記者和學校教職員。他認出幾位律師，那些熟悉面孔總會在什麼大事發生時在法庭出沒。

甘崔法官的開場很得體：「午安，我們今天在此傾聽被告提出的動議，他們主張撤銷詐騙和合謀的指控。請記錄今日五名被告全員出席，列席的還有他們的律師，受人敬重的瑪伽拉．布恩與受人敬重的伍茲．布恩。」

西奧常在想，爲何法官和律師堅持以「受人敬重的某某」來稱呼彼此，但他還沒得到令人滿意的答案。艾克覺得這個慣例很可笑，他說那是因爲世上沒有其他人覺得這些是「受人敬重的人」。

甘崔法官說：「布恩太太，身爲首席律師，你提出這個動議，因此有責任先發言。你們有幾位證人？」

布恩太太起身答覆：「六位或七位。」

「請開始。」

「我方請卡曼．司徒博士上證人席，庭上。」

司徒博士從前排座位站起來，穿過欄杆中間的門，在證人席停下腳步。她舉起右手發誓所言絕無虛假。坐下後，她將麥克風拉近一些，然後對布恩太太微笑。她說出自己的姓名、住址，並表示自己是斯托騰堡市學區的督學，擔任此職務已進入第八個年頭。

司徒博士名聲響亮，廣受尊重。斯托騰堡優秀的地方教育系統是全市的驕傲，而司徒博士對此有很大的貢獻。

布恩太太一一提出關於標準學力測驗的問題：設立這項考試制度背後的原因？該制度設立至今有多長時間？其間做了什麼調整？最大的挑戰是什麼？衍生出什麼問題？司徒博士坦承，她並不認為學力測驗是衡量學生學習進展的最好方法。她坦白地說，自己偏好使用其他辦法，但國家已經立法要求執行學力測驗。這些測驗與國家經費有關，如果斯托騰堡拒絕參與，這是選擇之一沒錯，那麼他們會因此無法取得大筆預算。聚焦到八年級的這個主題，她描述三所學校過去八年的成績表現，東方中學總是落後另外兩所學校，教育委員會非常關切此事。是的，東方中學的教職員的確背負極大壓力，無法提升學生成績，校方就可能受罰。

司徒博士是教育界的老將，她聰明又冷靜，知道自己在說什麼，也很直率坦白。西奧和愛波熱切地盯著她看，非常專注。西奧對他媽媽的表現感到特別驕傲，她從容不迫地在法庭裡遊走，掌握全局且自信滿滿。西奧從未看過媽媽出庭的模樣，主要是因爲她大部分案子的審判並不對外公開。

她詢問最近一次的成績結果，司徒博士表示，這次成績大致上都不錯，可進入全國排名前十名，東方中學除外。然而，即便是東方中學，這次的表現也很亮眼。

「東方中學的成績躍升可曾在您的辦公室裡引發疑慮？」布恩太太問。

「一開始沒有，我們看到成績都很興奮，不過更仔細看過之後，就開始有些疑問。於是我們決定審閱學生的答案卷。」

「有什麼發現嗎？」

「大量擦拭的痕跡。許多八年級考生一開始似乎都選了錯誤的答案，擦掉之後，每一次又都能選出正確答案，不知道是怎麼辦到的。」

「可以舉例說明嗎？」

「是，應您的要求，我拿了幾張答案卷過來。我想現在應該在您那邊。」

布恩太太走回辯方席，拿起一個檔案夾。她將資料分發給傑克．荷根、甘崔法官與證人自己。司徒博士解釋，第一份文件是一位隱去姓名的八年級同學試卷，上面是二十道數學題的答案。一開始考生答錯了一半，後來將七個答案擦掉，改塡上正確答案。「改七題、對七題，就表示有問題。」司徒博士說。博士和其他同事發現愈來愈多這種情形，漸漸領悟到麻煩大了。

「東方中學有多少八年級同學接受測驗？」布恩太太問。

「一百一十八名。我們開始調閱所有人的答案卷，而收到那封匿名信時，問題已經浮現。那封信是由一位『憂心忡忡的公民』所寄出的，而且內容眞的讓所有人感到心煩意亂。信中指名道姓，明確點出兩位教八年級生的老師姓名，宣稱他們篡改成績。」

愛波抓住西奧的手，緊握的力道讓他覺得骨頭幾乎要被捏碎了。

布恩太太將信件副本遞給傑克．荷根和甘崔法官，接著請司徒博士朗讀信件內容。愛波縮著身子聽，彷彿暫時屛住呼吸。

當她唸完時，布恩太太問：「你對這封信有何反應？」

「喔，我們很錯愕，至少可以這麼說。我和教育委員會律師羅柏特．麥克耐爾先生碰面，決定立即展開徹底調查，因而追查到五位老師。」

「暫時沒有其他問題了，庭上。」

甘崔法官看著檢察官說：「荷根先生？」

傑克．荷根起身，走到證人席，很有禮貌地說：「謝謝您，司徒博士。現在我想請您爲我們說明適用於某些教職員的獎金制度。」

「好的。那不是什麼優良的制度，也不是我本人所偏好，但我們眞的別無選擇。基本上是個獎勵制度，如果學力測驗的結果顯示學生有大幅進步，那麼教這些學生的老師會享有最多五千美元的調薪。」

「怎樣才算是『大幅進步』？」

「有一個極度複雜的公式，不過概略地說是這樣，全體八年級生的分數比去年進步百分之十五，而整班有百分之十五的學生擠進全市的前百分之十，那麼老師就能獲得獎金。其他考量因素包括老師的學經歷。我得再次聲明，我並不喜歡這種獎賞方案。我們全體教員的薪水都偏低，只是這樣獎勵一小部分的老師，一點道理也沒有。」

「如果說這五位老師有財務方面的需求，因而篡改測驗結果，您同意嗎？」

「坦白說，荷根先生，我無法擅自猜測他們行動的動機。」

「謝謝你，司徒博士。暫時沒有其他問題了，庭上。」

「你可以離席了，司徒博士。」甘崔法官說：「請傳喚下一位證人。」

布恩太太起身說：「保羅．倫敦先生。」

西奧知道他父母在冒險，他們計畫讓五名被告上證人席，讓他們談談自己在這場醜聞中扮演的角色。藉由這個安排，老師會承認他們做錯事，他們會表示自己理應受罰，不過處罰他們的不應該是司法系統，而是教育委員會。他們會遭解除教師一職，教學生涯就此結束，名譽受損，人生受到毀滅性的重創。或許他們不會再有機會教書，但還不至於到受審、定罪，被貼上窮凶惡極的罪犯標籤。藉由毫不保留的自白，或許最後他們能贏得法官的支持。

保羅．倫敦擁有讓人印象深刻的特質。教學已逾二十年，曾獲頒市政府授與的各個獎項。他熱愛課堂教學，學生也都愛他。他擁有碩士學位，過去十年則在鑽研博士研究。他表示要對篡改成績一事負起全責，是他請其他四位老師參與計畫，一切都是他的錯。

爲什麼這麼做呢？那得話說從頭，倫敦老師總是看到學生在學力測驗這關吃虧，幾年前他對這種情形開始感到厭倦，於是動手改了幾張試卷以幫助他的學生，後來又多改了幾張。東方中學裡有很多學生，包括他的學生，來自低收入家庭，他們並未擁有像其他學校的學生那樣的機會。他們在出發點就已經不公平的學力測驗失利，接著又因此被貼上學習遲緩的標籤，看了實在令人感到挫折。

倫敦老師以無限的惻隱之心和無比動人的言語描述學生的狀況。他的證詞轉變成一場動人心弦的演出，緊緊抓住在場每個人的心。他看著甘崔法官說：「你怎麼能將一個住在狹窄公寓、單親的孩子，和一個身邊有雙親和祖父母、必要時甚至有家教的孩子相比？你怎麼能將一個父母英語不流利、甚至不會說英語的孩子，和一個父母都有大學學歷的孩子相比？你怎麼能將一個父親在服刑的孩子，和一個父親在行醫的孩子相比？你怎麼能將一個沒早餐可吃的孩子，和一個早餐過於豐盛的孩子相比？你怎麼能將一個三歲就開始學前教育的孩子，和一個太晚上幼兒園的孩子相比？」

法庭一陣靜默。甘崔法官點頭不語，也沒人期待有別種反應。

老師集體作弊以獲得加薪的機會？倫敦先生對此嗤之以鼻。他說：「我教書二十年，現在的年薪差不多是五萬美元，其中一大部分要拿來幫學生買各種用品，我甚至出錢買食物，那點獎金零頭哪能幫得了我或其他老師？這項指控實在太荒謬。我們壓根沒想到錢這回事，只是試著幫助學生，如此而已。」

布恩太太坐下，傑克．荷根起立發問：「所以你承認篡改成績？」

「是的。」

「也承認其他四位老師的參與？」

「是的。」

「而你也承認知道這件事可能帶給你和其他老師額外的收入？」

「是的，我知道。」

「暫時沒有其他問題了，庭上。」

「合謀」意指一群人共同實行一件壞事，而西奧明白，保羅．倫敦剛剛承認了自己與其他老師合謀，而且是在法庭上發誓絕無虛假的證言。現在的問題則是，他們合謀所做的這件

「壞事」是犯罪行爲嗎？如果甘崔法官相信他們是爲了獎金而做，那他們就是刑事被告了。

在保羅．倫敦的演說之後，西奧覺得應該沒有人會覺得他們的動機是錢。

下一位證人是艾蜜莉．諾瓦克，一位有十二年教學經驗的東方中學資深教師，也是愛波在信上點名的其中一位。才剛報上姓名與地址，她就在台上崩潰大哭。好不容易鎮定下來，但接下來的十五分鐘她都處於隨時可能淚崩的狀態。她最關愛的學生之一是個家庭環境不好的女孩，總是生活在各種危險之中，曾遭到許多親戚的虐待，而且被媽媽拋棄。這位同學在學校才會感到安全，知道老師會保護她。對她而言，學校是穩定的環境與具體的保護所，換句話說，是攸關生存的關鍵。學業並不那麼重要，她的每個科目都落後其他同學，諾瓦克老師花了很多時間輔導她功課，好讓她跟上進度。測驗舉行的那段時間，她正好被安置在新的寄養家庭，於是毫無意外地考得一團糟。諾瓦克老師更改她的試卷答案，最後卻還是被編入補救教學班，後來這名學生九年級沒念完就消失了。諾瓦克老師認爲自己未能替這女孩做更多，未能拯救她實在很失敗，但至少她努力過了。篡改成績是事實，她沒有要爲此辯解，只是請大家試著從老師的立場去看這個醜聞。

她的眼淚再度決堤，西奧看著愛波，發現淚水在她眼眶裡打轉，她頻頻搖頭，對西奧悄聲說：「我覺得自己爛透了，西奧。」

五位老師輪流上台承認自己的錯誤，並一一說出理由，兩個小時很快就過去了。到了四點半，甘崔法官宣布休庭十五分鐘。西奧和愛波待在原地不動。「你怎麼想，西奧？」她靜靜地問。

「我不知道，但我很擔心。他們五個都已經認罪，所以不會進入審判程序。如果甘崔法官認定刑事罪名成立，那他們最多只能要求『抗辯交易』❷。」

「那是什麼意思？」

「那表示他們要認罪，換取法官的輕判。」

「但他們還是會入獄嗎？」

「不一定。只要不是重罪，意思是不涉及暴力行爲、鉅款，而且被告本身沒有前科，他們會試著達成協議，讓被告繳交罰鍰或幾年的保釋金。如果再不成，他們才會入獄。不過無論如何，都會留下犯罪紀錄。」

「他們感覺都是好老師。」

「是啊，他們是好老師。」

法庭恢復秩序後，布恩太太走到台前說：「庭上，我們已經聽到五位被告最坦白而懇切

---

❷抗辯交易（plea bargain）是指被告與檢方達成的協議，被告同意認罪以求得從輕定罪或量刑。

的證詞，他們已經認錯，懊悔的程度難以用言語形容。他們都是專業的教學者，卻在感情驅使下誤入歧途。如今他們已經受到停職處分，甚至遭解除教職，對他們的教學生涯與名譽造成偌大損害，這樣的懲罰還不夠嗎？更多的懲罰對誰有好處？聽任這五名優秀的教育者被捲入刑事法系統中遭受凌遲，會有任何好處嗎？如果您讓這些指控成立，每一位老師將被迫花大錢請律師，那高昂的代價超過他們所能負擔的範圍；每一位老師將被迫面臨庭審的羞辱，引起更多民眾的注意；每一位老師將承受判刑入獄的風險。拘留所和監獄是罪犯去的地方，庭上，並非教師。」

她暫停片刻，跨步走到空空如也的評審團席前，她不帶草稿侃侃而談，充滿自信。西奧看過許多厲害的律師出庭，在那一瞬間，他媽媽絕對是頂尖的。他覺得好驕傲，甚至驚訝地發現自己的喉嚨緊緊的，好像快噎到了，他用力吞了吞口水。

「現在，檢方指控這五位老師爲了金錢利益而合謀詐騙，簡直很荒謬。您聽到他們怎麼說的，庭上，動機絕不是錢。他們拿自己的教學生涯做賭注，絕對不是爲了獎勵制度可能帶來的蠅頭小利。他們的做法的確不對，但他們是爲了幫助學生在這場由我們製造的高度競爭環境中求生存。我們，庭上，我是指我們每一個人，我們期待孩子能拿到最好的，因而允許教育體系將孩子們分類，讓表現好的孩子得到更多獎勵。這是個有問題的制度，庭上，我們應該廢除這個制度。我知道這不是我該管的事，不過這有助於解釋老師們的動機。」

她走向被告席，對著五位老師揮揮手說：「我的當事人並未從事犯罪行爲，庭上，我在此要求撤銷那些指控。」隨即坐下，法庭一片寂靜。

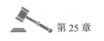

傑克．荷根緩緩起身，走向法官席。他是法庭老手，西奧曾多次親眼目睹他的專業表現。他說：「謝謝您，庭上。很久很久以前，當我還在讀六年級的時候，我最喜歡的老師是一位葛林伍德女士，她很幽默、聰明又漂亮，卻也很嚴格。她教我們歷史，出的考題總是很難，難到讓我覺得很困擾。有一次的期末測驗，題目又多又難寫，我們三個學生想到一個作弊的辦法。那是多重選擇題，而我就坐在班上最聰明的學生正後方，他答應將試卷往桌子邊緣移動，讓我偷看答案。記下所有正確答案之後，我再對另外兩個同夥打暗號，一切進行順利，直到我們被逮住的那一刻。葛林伍德老師起了疑心，沒收我們的考卷，並押著我們去校長室。既然我們三人的答案都一致，也就沒什麼好辯解了。我父親教過我，說謊是件危險的事，所以我乖乖承認作弊，說出實情。當時場面很難堪，兩個夥伴和我被停課一週，還要留校察看。我覺得很羞恥，從此再也不考慮作弊這種事。葛林伍德老師對我們非常失望，我因此深受打擊。我們學到什麼呢？沒錯，我們學到寶貴的一課，從此知道要明辨是非；我們學到作弊是錯的，只會導致不好的後果。而當時我們是孩子，是學生，我無法想像葛林伍德老師作弊，或是任何一位教過我的老師做這種事。學生有時候會作弊，但老師不可以！他們是立下規矩並付諸實行的人，要教導學生明辨是非，必須以身作則。老師是管理學生的人，當他們自己作弊且試著粉飾太平時，這比學生作弊還嚴重。

「庭上，我們現在知道這五個人知情且刻意合謀，偽造虛假的考試成績，即使知道未來可能被揭發也在所不惜。對我而言，這就是犯罪！他們對圖利的動機嗤之以鼻，但錢的確是潛在因素，不容忽視。教師的收入有限，所以或許他們想要賺更多錢。真正的動機還很難說，但如果指控成立，我們深入調查後，一切就會水落石出了。喔，就讓教育委員會處理這件事吧，在這個時間點這麼說實在太早了，不，庭上，那等於是輕易放過他們。檢方提出這些指控，而且已經準備好正式起訴他們。謝謝。」

傑克．荷根就座，每個人都深吸一口氣。甘崔法官最後問：「還有什麼要補充的嗎？」

雙方代表都搖頭，沒有。

「好的，我想暫時擱置此案，明天中午前會宣布結果。現在休庭。」

第26章

西奧和愛波正要離開旁聽席的時候，一名法警在門口擋住他們說：「欸，西奧，甘崔法官要你去他辦公室一趟。」

西奧嚇了一跳。「喔好，什麼時候？」

「就是現在。」

「好。」他跟愛波道別，然後匆匆前進，小心閃避那些正要離開法庭的旁聽群眾。甘崔法官已經在裡面等了，大門敞開。西奧進來之後，他把門關上。法官脫下他的黑色長袍說：「請坐。」手指著會議桌旁邊的一張椅子。西奧遵照指示坐下。甘崔法官坐著鬆鬆領帶，嚴肅地看著西奧問：「你認爲如何？」

西奧不太確定法官想問什麼，於是他聳聳肩，假裝很困惑。

「你知道嗎，西奧，我們常常把法律弄得太複雜。先列舉一組事實，再用十種方式分析，然後試著搞清楚哪些法條適用、如何適用、爲什麼以及在何種情況，但事實上，很多案子本身相當單純。因爲單純，由年輕人來看可能更清楚，而我們的努力只是讓事情變得更令人困惑。這麼說有道理嗎？」

「我覺得有。」

「西奧，我想知道，如果是你會如何決斷。你今年十三歲，是個聰明的孩子，懂的法律甚至比大部分的律師都多，再加上你也和這團混亂脫離不了關係。在旁聽了剛剛討論的內容之後，你會想怎麼做呢？」

要有男子氣概，西奧告訴自己。法官現在以對待大人的方式和你說話，所以要表現得像個大人。「他們不是罪犯，法官，他們做的事很糟糕，我是指這群老師躲在房間裡擦掉錯誤的答案，再塡上正確答案這件事很離譜。我能理解他們爲什麼要這樣做，但那仍然是糟糕透頂的勾當。就像傑克．荷根所說，老師應該要教導學生明辨是非。」

「我同意，他們的做法實在令人作嘔。」

「但是他們會受到應有的制裁。他們是做錯事的好人，但那並不是犯罪行爲。我會駁回那些指控，法官。」

「你喜歡祕密對不對，西奧？」

「超愛的。」

「很好，有個祕密一直到明天中午之前你都不能說出去。我將駁回那些指控，但目前這是你我之間的祕密。」法官伸出一隻手，西奧也伸手握住。

「是祕密，對吧？」

「那當然，法官。」

布恩一家在歐馬的店裡吃晚餐，只要歐馬一離開，他父母就不停地談論今天的聽證會，布恩太太覺得鬆了一口氣，也放鬆多了，而西奧恭喜媽媽在法庭上的絕佳表現。布恩先生很樂意成爲太太的幫手，顯然也對她的表現感到很驕傲。

「你應該接更多這種庭審案件，媽，你在法庭表現得如魚得水。」

「謝謝你，泰迪，不過目前的工作就夠我忙了。」

「這可以說是最好的狀況了。」布恩先生說：「親愛的，你眞的棒呆了。」

「贏的時候我會覺得很棒。」她說。西奧緊緊閉上嘴，他常常想和父母分享祕密，但這次不行。他下定決心要證明自己是可信賴的人。「我觀察甘崔法官有一段時間了，我想這次他站在老師那邊。爸，你不覺得嗎？」

「毋庸置疑。他會駁斥所有指控，然後我們就能往前進了。」

「先別太有信心。」布恩太太說：「每當我覺得肯定會贏的時候，就會有壞事發生；每當我覺得已經輸了，通常就會有個驚喜等著。想要預測法官的決定是件棘手的事啊。」

西奧將嘴巴塞滿食物，試著盡量不說話。

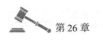

那天晚上他打電話給愛波，他們聊白天的法庭戲碼聊了將近一小時。原本她已經快嚇破膽了，聽到司徒博士朗讀她寫的信，還差點沒暈過去。但現在愛波回頭看，開始對寄信這件事比較釋懷，畢竟那封信讓相關人員正視問題所在，並立即展開調查。

「你現在會不會很慶幸沒有寄出第二封信？」西奧問。「否則你今天可能被請上證人席。」

「當然。謝謝你，西奧。我原本打定主意要寄了，還好你讓我打消念頭。」

「就是要信任你的律師嘛，愛波。」

第27章

星期五早報頭條就在講這件事，搭配一大張布恩夫婦走進法庭的照片，兩人各自拿著一只厚厚的公事包，一副準備上戰場的模樣。這樣的長篇報導是所有律師的夢想。報上還刊登了證言摘要和雙方代表的論點。

西奧迅速瀏覽後，便匆匆趕去學校。那天早上，時間過得相當緩慢。差三分就是正午時刻了，甘崔法官此時上傳了一份兩頁的裁決，駁回對老師的所有刑事指控。摘錄他的說法如下：「我對被告的行爲深感困擾，但他們的行爲並不等同於犯罪。」

西奧傳簡訊恭喜他父母，然後去學生餐廳用餐。

下午兩點，卡曼・司徒博士在網路上對媒體發表一段聲明。她宣布教育委員會不得不終止和五位老師之間的雇用合約。兩年後，這幾位老師才能在學校體系內重新申請教職。

這是意料中的事，但接下來的發言就不是了。司徒博士表示，之前的測驗結果作廢，不論哪個年級。除此之外，斯托騰堡學區將不再參與國家要求的標準學力測驗。本學區「選擇」

不參與測驗，但如此一來，將失去國家提供的大筆經費。

她在聲明裡表示：「本市一直著重於優良學校的發展，欲提供所有學生最好的教育環境。我們會繼續這麼做，但這需要來自地方的大力支持，以及市府的補助經費。坦白說，我們相信自己站在比那些受國家補助的學區更有利的位置。這個改變需要我們所有市民的支持。」

西奧在線上讀著這段聲明，忍不住微笑。不再有標準化學力測驗，不再有「爲了考試而存在的教學」，不再有成績追蹤，不再有搶著進入榮譽班的競爭，不再有爲天才學生開設的資優班，也不會有爲程度落後的學生開設的後段班。

他跑去找愛波。

艾莎輕輕鬆鬆就辦妥派對。她打電話叫外賣，店裡送來一盤小三明治、一盤布朗尼和餅乾、兩加侖的綜合果汁和三瓶香檳。她又打電話給所有被告，邀請他們過來小小慶祝一番。

西奧知道學校老師到了下午個個都是饑腸轆轆。他們站了一整天，幾乎沒有時間休息，這種提供美味食物和飲料的邀約叫人無法抗拒。到了星期五下午四點半，東方中學的五位前任老師都聚集在會議室，其中四位由配偶陪同參加。潔內瓦．赫爾也帶著她的男友出席。布恩&布恩法律事務所的每個成員都到齊了。

儘管他們的前途未卜，當然也不讓人看好，他們就是想慶祝，即使是短暫的時光也好。

他們不再被視爲罪犯，也逃離被起訴的夢魘。對勤奮的教育工作者而言，他們鮮少與刑事訴訟扯上關係，光是想到可能入獄就已經飽受驚嚇。現在危機終於解除。他們可以慢慢修復自己的生活。在那個星期五的午後，他們感到很愉快，想好好放鬆，也想感謝他們的律師。

西奥和愛波坐在角落，小口喝著果汁，兩人也覺得鬆了口氣。醜聞終於告一段落，他們總算可以聊點別的事了。

西奧律師事務所 6

老師犯規了

文 / 約翰・葛里遜　譯 / 玉小可

副主編 / 陳懿文
美術設計 / 唐壽南　行銷企劃 / 鍾曼靈
出版一部總編輯暨總監 / 王明雪

發行人 / 王榮文
出版發行 / 遠流出版事業股份有限公司　104005 台北市中山北路一段 11 號 13 樓
電話：(02)2571-0297 傳眞：(02)2571-0197 郵撥：0189456-1
著作權顧問 / 蕭雄淋律師
輸出印刷 / 中原造像股份有限公司
□ 2016 年 12 月 1 日 初版一刷
□ 2024 年 1 月 5 日 初版九刷

定價 / 新台幣 250 元（缺頁或破損的書，請寄回更換）

ISBN 978-957-32-7915-0
遠流博識網 http://www.ylib.com　E-mail: ylib@ylib.com

THEODORE BOONE: THE SCANDAL
By John Grisham

國家圖書館出版品預行編目（CIP）資料

西奧律師事務所：老師犯規了／約翰．葛里遜（John Grisham）著；玉小可譯. -- 初版. --臺北市：遠流，2016.12
面； 公分.（西奧律師事務所；6）

譯自：Theodore Boone : the scandal
ISBN 978-957-32-7915-0（平裝）

874.59 105020502